O ÚLTIMO VERÃO DE
COLIN HARGROVE

O ÚLTIMO VERÃO DE
COLIN HARGROVE

SKULL EDITORA

Diretor Editorial: Fernando Cardoso
Projeto Gráfico: Cris Spezzaferro
Revisão: Gabrielle Batista
Capa: Bilohh

Dados Internacionais de Catalogação na Publicação (CIP)
Jéssica de Oliveira Molinari - CRB-8/9852

L732   Lima, Felipe
O Último Verão de Colin Hargroove / Felipe Lima. -- Brasil : Editora Skull, 2023.
182 p.. 14 x 21 cm

ISBN 978-65-51230-99-8

1. Literatura brasileira I. Título
CDD B869

Índices para catálogo sistemático:
1.Literatura brasileira

CNPJ: 27.540.961/0001-45
Razão Social: Skull Editora Publicação e Venda de Livros
Endereço: Caixa Postal 79341
Cep: 02201-971, - Jardim Brasil, São Paulo - SP
Tel.: (11) 95885-3264
www.skulleditora.com.br/

@skulleditora
www.amazon.com.br
@skulleditora

Dedicado a todos aqueles que sentem saudades de alguém eterno e que buscam conforto em meio as palavras.

Notas do Autor

BOO, querido fantasminha! :)

Se esse for o seu primeiro contato com alguma obra minha, sinto a obrigação de me apresentar: **Prazer, eu sou o Fe.**

Caso você me conheça pelo meu primeiro livro, "Necroterium", ou, até mesmo, já me acompanhe há um tempinho pelas bookredes: **Obrigado por voltar!**

Colin Hargrove é o meu segundo livro publicado, e que, mais uma vez, busca retratar a profundidade do luto. Diferente de NCT, esse não é um livro sobre criaturas sobrenaturais (se você não considerar fantasmas nessa categoria), é um **livro sobre pessoas normais que acabaram de perder alguém muito especial**, e que agora, precisam encontrar uma maneira de seguir com as suas vidas. Apesar de cada ato do livro se aprofundar em um nível de luto, eu entendo que é um processo com diversas camadas, por isso, cada personagem enfrenta esse momento difícil de sua própria maneira. O luto sempre terá uma intensidade diferente de pessoa para pessoa, esse é um fato.

Contudo, como autor dessa obra, também é meu dever alertar os leitores sobre possíveis gatilhos. Você pode conferir a seguir os gatilhos presentes no livro: **luto, morte de familiar, crises de ansiedade, depressão, relacionamento abusivo, violência física e verbal, homicídio, homofobia, assim como menções a violência doméstica, uso de drogas e de bebidas alcoólicas.** Por favor, verifique a classificação indicativa antes de adquirir ou consumir a obra.

Sendo assim, caso se sinta confortável em prosseguir, eu lhe desejo uma ótima leitura. Espero que você ame Colin Hargrove na mesma intensidade que eu durante a escrita.

Atenção: as minhas DM´s estarão abertas e pode vir comentar sobre o livro comigo sempre que quiser, adoro bater um papo. Você pode me encontrar na maioria das redes sociais pesquisando pelo usuário "**@by.felipelima**".

Nos encontraremos do outro lado!

Para uma leitura mais imersiva de "*O Último Verão de Colin Hargrove*", criei uma playlist fofinha com músicas que estão na *vibe* de cada pedaço do livro. Se quiser ouvir, basta escanear o código abaixo pelo aplicativo *Spotify*:

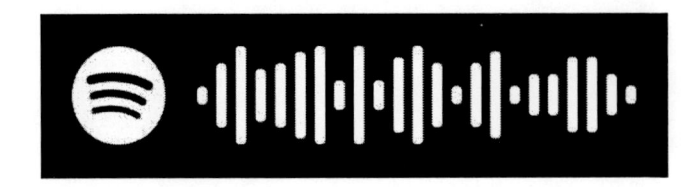

Prólogo

Uma introdução por Colin Hargrove.

A conquista do título de "o garoto que morreu no quatro de julho" não estava em meus planos de verão por dois motivos: primeiro , jovens de dezessete anos não costumam morrer em cidades pacatas como Saint Valley; segundo, eu não fui morto no quarto dia do mês, e sim, durante a madrugada do dia cinco. Entretanto , um garoto morto no Dia da Independência trás muito mais drama e impacto para as fofocas locais.

Se pararmos para observar pelo lado bom, eu fui o garoto mais comentado e popular da cidade durante o verão de 1996.

Sendo assim, como eu preciso escolher um início para a minha jornada, ouso arriscar que foi entre uma quinta e uma sexta-feira, quando despertei bem ao lado da minha cama. Não em cima do colchão, como de costume. *Ao lado da cama.* Ainda confuso sobre como que fui parar deitado ali, precisei reunir toda e qualquer força que havia em meu corpo para escalar a lateral do móvel até me jogar ao encontro do travesseiro. Logo, cheguei à conclusão de que demoraria para que eu me sentisse confortável, já que era dominado por uma dor de cabeça que consumia os meus pensamentos como uma nuvem negra, e, também, me sentia imundo por ainda estar vestindo as roupas encardidas da noite anterior. De qualquer maneira, dormir sem tomar banho não seria uma novidade para mim.

A inquietude da minha mente não me permitia dormir, estava envolvido demais em busca das memórias da festa na casa de Grace. Para ser sincero, eu não me lembrava de nada além do fato de que houve uma festa. Nadinha da noite anterior. Rolei de um lado para o outro da cama, afundei meu rosto no travesseiro e implorei para que meu cérebro desligasse por completo. Eu precisava dormir, mesmo que não me sentisse cansado. Bem, mais tarde eu faria anotação desse momento de insônia como o primeiro item do que eu apelidaria carinhosamente – e com um certo toque dramático – de *"Lista Post Mortem"*.

Item 1: Espíritos não conseguem dormir.

Como haverá tempo mais tarde para que eu explique melhor quanto a tal lista, melhor focarmos no que me motivou a levantar da cama: o intenso choro de minha mãe. Infelizmente, as paredes entre os quartos do segundo andar eram tão finas que tal enxurrada de lágrimas me acordaria mesmo que eu estivesse em meu décimo sono. Levantei rapidamente da cama, lutando contra a lerdeza provocada pelos resquícios de álcool em meu organismo e

marchei desajeitadamente na direção da porta. Contudo, precisei parar na metade do caminho ao passar em frente ao meu espelho. Era impossível não notar o meu olho direito roxo, assim como certos hematomas nas costas das mãos.

Então, eu havia me metido em uma briga? E se sim, por qual motivo? Miles precisaria me explicar melhor essa história no dia seguinte. Naquele momento, agradeci aos céus que nem os ferimentos me conseguiam deixar feio, ao mesmo tempo em que implorei para que Deus não permitisse que minha mãe me matasse ao ver os hematomas pelo meu corpo. Não adiantaria inventar uma mentira para explicar racionalmente um motivo para estar ferido, a minha mãe era um tubarão que sentia o ensanguentado cheiro de mentiras há quilômetros de distância.

"Então, mãe, história engraçada! Eu não me lembro de como me meti numa briga", poderiam ter sido as minhas últimas palavras antes de ser aprisionado em um castigo eterno.

Alerta de spoiler: não houveram castigos, nem discussões.

Apesar de receoso pela bronca que iria receber de minha mãe em breve, entrei no quarto de meus pais mesmo sem bater na porta. Observei assustado como a minha mãe desmoronava em lágrimas com o telefone colado em sua orelha, ainda que tentando manter a calmaria em sua voz ao fazer questionamentos para a pessoa do outro lado da linha. O meu pai expressava-se de modo oposto diante da situação, ainda sentado ao seu lado da cama e encaran-

do a janela, sem pronunciar nenhuma palavra. Em completo silêncio, ele alisava as costas da minha mãe com uma de suas mãos e sussurrava para mamãe que tudo ficaria bem. Diferente de sua esposa, ele não derrubou nenhuma lágrima naquela noite ao receber a notícia.

Ah, claro. Como poderia Maverick Hargrove perder a pose de durão e chorar ao menos uma vez em sua vida, não é mesmo? Era teimoso demais até para tentar entender os próprios sentimentos.

Discordei de tudo e qualquer coisa que havia sido dita pela minha irmã mais velha durante os seus vinte e três anos de vida, com exceção de uma única e certeira afirmação: nossa mãe é tão aberta emocionalmente quanto uma bíblia na casa de um cristão fervoroso. A comprovação foi como a minha mãe chorava desde o momento em que atendeu a ligação até o instante em que desligou, sem conseguir conter a dor que a fazia estremecer por completo

— Aconteceu alguma coisa? — perguntei aos meus pais, agoniado e confuso por toda aquela cena. Sem resposta.

Com o tempo, eu me acostumaria a não ter respostas.

— Mamãe... — Não precisei mover nem um músculo para chegar na conclusão de que meu irmão mais novo também invadiu o quarto de nossos pais, querendo entender o que aconteceu, já que a voz infantil era extremamente reconhecível. O menino nanico de seis anos parou bem ao meu lado, tornando a nossa diferença de altura quase cômica, já que eu, no auge dos meus dezessete anos, estava com meus 1,83 m de pura beleza. Notem que até então não revelei o nome do meu irmão, isso porquê me sinto

na responsabilidade de o proteger do bullying e das piadas de vocês. Toquem em seus próprios corações e lembrem de que bullying com uma criancinha é errado... Certo, o nome dele é Dickson. Os meus pais não pensaram muito bem nas consequências futuras de dar tal nome ao filho.

— Cadê o Colin? Mamãe?

Como Dick não percebia que eu estava bem ao seu lado? O quarto estava escuro demais? Poucos instantes depois, notei como os meus pais também não conseguiam me enxergar em meio aquela cena maluca, mesmo que eu estivesse parado bem em frente a cama. Entrei em estado de choque, já que aquele quebra-cabeça estava muito confuso. Observei como a minha mãe chorava ainda mais alto agora com a ligação finalizada, imersa em seus pensamentos mais profundos. Não demorou para que eu decidisse tomar alguma atitude, chamando pelos nomes de todos os presentes e me movendo de um lado para o outro na tentativa de conseguir a atenção de algum deles. Fiz diversas perguntas com desespero em minha voz e segurando o choro entalado, e mesmo assim, fiquei à mercê da ausência de respostas.

A grande cena dramática encontrou um fim quando meu pai puxou o filho mais novo para seus braços, enquanto minha mãe cambaleou em direção ao guarda-roupa com o objetivo de colocar um moletom por cima de seu pijama. Dick continuava com suas perguntas incessantes, sem entender para onde nossos pais estavam indo no meio da madrugada, já que aquela era a hora do bicho papão. Pela primeira vez, durante aquela madrugada de 5 de julho, os meus ouvidos conseguiram captar uma resposta

– ah, e como eu desejaria ter permanecido na ignorância, teria sido bem menos deprimente.

Os meus pais estavam a caminho do necrotério para reconhecer o meu corpo.

ATO 1
NEGAÇÃO

"O mal, ele se espalhou como uma febre
Era noite quando você morreu, meu vaga-lume
O que eu poderia ter dito para te ressuscitar dos
mortos?
Oh, eu poderia ser o céu no Quatro de Julho?"

"Fourth Of July" - Sufjan Stevens

Capítulo 1

Funerais são um porre (incluindo o meu).

Sendo honesto com vocês, de nada adiantou passar anos da minha vida falando sobre como eu queria que o meu enterro fosse uma festa épica, se, no fim das contas, ninguém da minha família ou amigos iria levar os meus pedidos em consideração. Eu conseguia até imaginar, sabe? Colin Hargrove, que apesar de morto, ainda continuaria um *xuxuzinho*, partindo dessa para uma melhor no mais confortável dos caixões abertos. O meu nome seria gritado diversas vezes, enquanto todos os presentes ergueriam seus copos de bebidas para o alto e cantariam as músicas mais tocadas da *AC/DC*.

Com a aproximação do fim de festa, a minha família tiraria um momento para discursos sobre como eu havia me tornado a mais brilhante das estrelas no céu noturno, seguindo direto para um show ao vivo com participação especial de alguma banda cover do *Nirvana*. Poderia ter sido tão épico, cara! *Poderia.*

Como a realidade sempre tende a ser decepcionante, o meu grande desejo de despedida foi substituído por uma manhã ensolarada e uma multidão chorosa durante o adeus. Fala sério, nem para ter uma chuvinha com a finalidade de aumentar o tom dramático?! Ao menos não posso reclamar que o meu enterro estava vazio, já que posso jurar de pés juntos que metade dos moradores de Saint Valley estavam presentes naquele dia.

Por obrigatoriedade de narração, os deuses literários me forçam a detalhar em algumas linhas sobre quem decidiu comparecer ao grande evento daquele verão. Posso começar citando a minha mãe, que se encontrava em prantos ao ser consolada pelos braços carinhosos do meu pai, enquanto o pequeno Dick não entendia o que estava acontecendo, distraído ao brincar com a grama. A minha irmã mais velha, Casey, cansada fisicamente e emocionalmente pela viagem de sua faculdade em Boston até a cidade natal, também se encontrava próxima ao trio. Ao menos, para aquecer meu coração durante momento tão mórbido, o meu melhor-amigo, Miles, também estava presente, segurando firmemente a mão esquerda de sua avó. Próximo ao Sutherland, estava Grace Buckley, chorando em coro com um grupo de líderes de torcida, levando-me a questionar se a minha queda de três anos por ela havia sido recíproca. Enfim, ignorando boa parte das pessoas que nunca trocaram uma palavra sequer comigo, finalizo citando a pessoa menos importante dessa lista: Evan Churchill. O grande otário nunca se importou comigo, provavelmente havia sido obrigado a comparecer por conta do pai pastor que realizava o funeral de um dos seus colegas de turma.

Caros pai e mãe, eu nunca irei perdoar vocês por terem substituído um show irado ao vivo por horas de Joseph Churchill citando versículos da bíblia, além do discurso clichê que envolvia o fato de eu ser jovem demais para partir, sobre como os meus pais encontrariam conforto na Case de Deus e como a minha morte afetaria toda a comunidade para sempre... clichê. A verdade é que boa parte daquelas pessoas não se importava comigo, estavam somente interessados em acompanhar o último grande acontecimento na fileira VIP. Ah, vamos lá, garotos de dezessete anos não morrem em Saint Valley. *Não deveriam morrer*. Mas eu acabei morto como prova de que, por mais que a vida de todos estivesse mergulhada em tédio e problemas fúteis, a morte ainda estava presente.

Nem todos os presentes no funeral eram falsos, ainda havia pessoas que realmente se importavam comigo. Miles, por exemplo. Enquanto estava sentado em minha lápide de mármore, pensei em todos os nossos anos de amizade. Éramos amigos desde os oito anos, após o verão em que boa parte das crianças do bairro viajou com os pais, quando nos encontramos forçados a brincar juntos para conseguir vencer a solidão e o tédio. Não demorei para perceber o quanto Miles era incrível, nem hesitou antes de aceitar o meu convite para desbravar a cidade em nossas bicicletas. Depois desse dia, Colin e Miles eram figuras inesperáveis, quase como irmãos gêmeos.

Pelo correr da carruagem, finalmente havíamos sido separados tragicamente um do outro e nunca mais iria-

mos andar de bicicleta pelas ruas novamente. Como em muitas outras atividades, Miles teria de realizar sozinho, sem Colin Hargrove ao seu lado. Por essa razão, ele chorava tanto no ombro da mulher que o acolheu e o trouxe forças após a morte de seus pais tantos anos antes. Eu quem deveria estar ao lado dele, cuidando do meu amigo da mesma maneira que fiz após a perda de seus pais, garantindo-o com um abraço que nunca estaria sozinho. Eu sempre estaria ao lado do Miles, era meu trabalho. *Era.*

Ele estava por conta própria agora.

Não suportando mais olhar para o meu amigo ou minha família em pedaços diante das últimas palavras do Pastor, saltei para dentro da minha própria cova. Deitei sobre o meu caixão fechado e levantei o olhar para aquele céu azulado acima de todos nós. Ah, os meus pensamentos estavam bem além daquelas nuvens, pois eu realmente acreditava como tudo aquilo não passava de um pesadelo. Em breve, eu iria acordar. Talvez, até mesmo, levantaria daquele caixão e soltaria boas gargalhadas das expressões de espanto de todos os presentes. Existiam tantas maneiras que me impediriam de realmente estar morto...

Colin Hargrove estava tendo um pesadelo.
Colin Hargrove estava sobre efeito de alguma droga.
Colin Hargrove estava enlouquecendo.

Não quis acreditar em minha morte nem quando a terra começou a ser jogada para dentro do buraco, com cada uma das pessoas que um dia vieram a se importar comigo sendo obrigadas a dizer adeus. Todavia, quando penso nesse momento, apenas consigo visualizar o rosto perdido de minha mãe, ainda torcendo do fundo de seu coração para que eu me levantasse do caixão. Ao abrir sua mão, não apenas derrubou um punhado de terra, como também algumas lágrimas que vieram ao meu encontro.

— Mãe, eu não estou morto — murmurei baixinho com a esperança de que a pessoa mais importante da minha vida pudesse escutar.

Mamãe não escutou, apenas jogou terra na cova.

Capítulo 2

A formidável (e escrita por mim) lista pós mortem.

Os oito dias que se passaram após a minha união com a terra, foram dias repletos de ensinamentos sobre as possibilidades do além-vida. Em primeiro momento, eu ainda não havia compreendido que havia partido para todo o sempre e me deixava convencer pela crença de que ser um espírito seria temporário.

Para manter a sanidade, criei uma rotina diária de verão que não era tão diferente da rotina padrão de quando eu ainda estava vivo. Entretanto, existiam duas grandes diferenças entre as rotinas do *antes* e *depois*: primeiro, se eu já não interagia com outras pessoas, agora que não havia ninguém mesmo para bater um papo; segundo, eu não precisava dormir, já que no meu estado de fantasma não sentia nem um pingo de sono. Esse segundo ponto me levou aos pensamentos sobre o que eu chamaria de "Lista Pós Mortem", uma espécie de guia prático para outras pessoas que estivessem naquela mesma situação. Todavia, todos os direitos estão reservados em meu nome pela eternidade.

Posso dizer que no começo tudo correu às mil maravilhas, já que havia tempo de sobra pra realizar todas as coisas as quais eu sempre imaginei fazer. Contudo, o tempo trouxe o tédio e a solidão, tanto que precisei conversar com o meu próprio reflexo no espelho para evitar um iminente surto psicológico. Apesar de eu ainda ser um dos caras mais bonitos de toda a cidade, o hematoma no meu olho me fazia ter uma crise de autoestima de cinco em cinco minutos. Pior ainda era pensar que eu ainda viveria sabe-se-lá quanto tempo usando o mesmo moletom sujo e uma calça jeans desbotada. Eu poderia ao menos estar vestindo algo mais bonito e formal como, um terno, por exemplo. Pensar em todos esses pontos me deixavam entediado.

Jogar Super Nintendo durante 53 horas ininterruptas? Tédio.

Ler todos os meus livros do Stephen King? Tédio.

Ouvir a discografia completa do Bon Jovi? Tédio.

Saltar 36 vezes do telhado em direção a grama? Tédio.

Com a crescente lista de coisas que eu adorava fazer – ou ao menos quis fazer em algum momento – sendo arruinada por conta do excesso, fiz melhor uso do meu tempo para aprender ao máximo sobre a minha "atual situação". Permaneci isolado no meu quarto e evitei sair para não confrontar o clima melancólico da casa após o retorno de Casey para a universidade, focando minhas energias em escrever item por item no meu bloco de notas.

Item 1: Espíritos não conseguem dormir.
Item 2: Espíritos não veem luz no fim do túnel.
Item 3: Espíritos são ignorados pelos vivos.
Item 4: Objetos apenas se movem no plano astral.
Item 5: Não podemos atravessar paredes.
Item 6: Sem lembranças do momento da morte.
Item 7: Não dá para morrer mais de uma vez (eu tentei).
Item 8: Existe céu ou inferno? Ainda sem respostas por e-mail.
Item 9: Mesmas roupas e ferimentos para SEMPRE. Que ódio.
Item 10: Ainda sem sinal de outras pessoas na mesma situação.
Item 11: Posso entrar em igrejas. Chupa, Pastor Churchill.
Item 12: Ninguém irá conseguir enxergar essas anotações.

Certo, ainda temos tópicos a serem discutidos. Primeiro, devo explicar a vocês quanto aos itens 4 e 12, para evitarmos quaisquer dúvidas ou confusões nas cenas que virão daqui para frente. Espíritos conseguem mover objetos, móveis, escrever em papéis, entre várias outras coisas, porém isso não afeta o plano físico dos vivos. Ou seja, meus pais irão sempre ver a televisão do meu quarto desligada, mesmo que eu esteja em meio a uma maratona de vinte horas de *Donkey Kong*. Se você tinha alguma esperança de divertir-se no além assustando os novos moradores de sua antiga casa, lamento informar que isso não será possível. Pense pelo lado bom da situação: imagine que aqui está escrito algo super motivador.

Você deve estar doido para me perguntar o seguinte: *"Colin, e como você aproveitou esses momentos de liberdade (ou solidão)?".*

Basicamente, passei boa parte do tempo em isolamento num quarto escuro e quase ninguém colocava os pés, torcendo para que em um estalar de dedos tudo voltasse a ser normal. Pensava até mesmo em reunir forças para ir ao Palácio Hargrove no jardim dos fundos – e sempre desistia ao pensar que para isso teria de passar pela minha mãe chorosa, um pai calado, e um irmão confuso. Não, era melhor aguardar até que tudo voltasse ao normal.

Os dias foram passando, e nada mudava, evidenciando que as chances de acontecer um milagre eram totalmente escassas. Não importava quanto eu tentasse distrair minha mente com livros, músicas, encenações sobre como pediria perdão num possível julgamento divino, ou até mesmo, apreciar cada foto pendurada sobre o meu espelho, nada teria capacidade de distrair minha mente desse meu estado tedioso.

Falando nas fotografias, o que acha de darmos uma conferida?

As minhas fotografias favoritas sempre foram as de momentos icônicos da minha infância, como aquela em que estou caído no asfalto com as pernas presas na bicicleta que havia ganho em meu sexto aniversário. Também guardava momentos de outras pessoas, como Miles deitado sobre uma pilha de livros na casa da árvore ou Grace Buckley acenando para mim durante uma de suas aulas de debate. Quase no fim de nosso tour pelas fotos, precisei

engolir o choro ao segurar a foto de meus avós paternos abraçados, torcendo para que se eu realmente estivesse morto, eles ao menos estivessem esperando para me receber do outro lado.

A última foto, presa por um pregador na linha de barbante, era sem dúvidas a minha favorita de todos os tempos. Ali estava eu, um pouco mais velho do que Dick, com meus pequenos pés sobre os da minha mãe, enquanto ela me conduzia em uma dança divertida em meio a sala de estar. Dança era o hobbie favorito dela antigamente, sabe? Haviam boatos sobre como mamãe sonhava em ser uma dançarina famosa no passado e como precisou deixar de lado para manter os pés no chão após a primeira gravidez. Mesmo assim, ali estava Martha Hargrove, ensinando um pequeno Colin Hargrove a dançar pela primeira vez.

Na manhã do oitavo dia, essa fotografia me trouxe a coragem necessária para sair do quarto. Permanecer deitado em minha cama não me ajudaria a voltar ao normal, correto? Com esse pensamento em mente e seguindo passo a passo como numa dança, deixei o conforto do isolamento para me aventurar mundo afora.

Era hora de começar a enfrentar a verdade.

Capítulo 3

Hora de enfrentar o mundão.

Desci apenas três degraus da escada e já queria voltar correndo para o conforto do meu quarto. Porém, eu estava convicto, confiante, determinado e não permitiria que a minha nuvem negra de pensamentos me impedisse de seguir o meu caminho. Foco, Colin. Com ou sem forças, consegui chegar no primeiro andar da casa e segui na direção da cozinha, que provavelmente estaria movimentada por conta do horário do café da manhã.

O coração do lar Hargrove estava tão parado quanto o meu no dia do enterro, sem brincadeira.

Certo de que logo alguém apareceria no cômodo e de que aquela seria mais uma manhã de verão como todas as outras, roubei um pote cookies e sentei sobre a bancada ao lado da pia. Com os meus pés balançando para frente e para trás, degustei de cada um dos cookies e ignorei como eu não conseguia sentir a fome ou sequer o gosto do que eu estava comendo. Um porre.

Estava prestes a ter um surto de ansiedade quando a primeira presença viva do dia adentrou o cômodo. Abram alas para Maverick Hargrove, um corretor de imóveis com três filhos e uma barriguinha de chopp, que somente sorria quando brincava ou batia um papo com meu irmão mais novo. Um homem bem fechado, digamos.

Como de costume, meu pai estava com uma cara emburrada e de poucos amigos, caminhando até a cafeteria para preparar um café que seria compartilhado entre ele e minha mãe – Dick teria que se contentar com um achocolatado, pois era muito novo para degustar de cafeína. Não tentei me comunicar pois sabia que seria em vão, já não conversávamos nem quando eu ainda estava vivo.

Uma segunda pessoa preencheu o ambiente e caminhou diretamente até a mesa de café, jogando seu corpo embrulhado em um moletom sobre uma das cadeiras. *O meu moletom.* Independente do quanto quente parecia estar naquele dia, ela não removeria do seu corpo uma das minhas peças favoritas. Apesar de eu não ser um dos mais inteligentes entre os vivos e os mortos, não era difícil de imaginar que minha mãe estava submetendo-se ao calor para manter uma conexão comigo.

Um fato óbvio para muitos, menos para o meu pai.

— Você concorda comigo que não é saudável ficar andando com *isso* o dia inteiro pela casa? — meu pai apontou brevemente com o dedo indicador para o moletom que a minha mãe vestia e encheu a xícara de café da esposa. Ele não percebeu como havia colocado a empatia bem no meio do... — Você não precisa se punir, meu amor.

— Eu não estou me punindo — rebateu a mamãe.

Levando a xícara cheia aos lábios, minha mãe encarou o marido que agora sentava-se bem à sua frente na mesa. Mais parecia uma partida de xadrez do que uma conversa normal.

— O que você está fazendo então, Martha?

— Eu não sei, Mave — ela soltou uma resposta sussurrada que deixou meu pai preocupado. Com um olhar confuso, mamãe desceu o olhar para aquele moletom que tantas vezes me observou usar por dias sem lavar, e deslizou um de seus dedos indicadores sobre a gravação de uma cena de *Pokémon* (peço para não me julgarem). — Eu tenho pensado demais em como peguei pesado com ele, sabe? Lembro da vez em que surtei com o Colin por usar esse moletom aqui pela milésima vez seguida sem lavar. É até irônico pensar em como isso é uma das poucas coisas que me fazem sentir que o meu filho continua aqui... ou que ainda vai voltar para casa.

Eu estou aqui, mãe.

O meu pai nem havia bebericado seu café quando o seu rosto formou a expressão que apelido de "estou tentando compreender os seus sentimentos, só que o meu lado racional e egoísta não me permite compartilhar o que estou sentindo em palavras, apesar de eu te amar muito". Ainda sem desfazer a quase careta que estampava o seu rosto, o grande Hargrove disse:

— Martha, ele não tem como voltar.

A minha mãe gargalhou de uma forma que misturava os sentimentos de decepção e tristeza com o marido,

obviamente chateada por não ser compreendida naquela manhã. Admito que senti falta do silêncio anterior que tomava o cômodo.

— Eu sei disso. Acha mesmo que eu não entendo?

— Sinceramente, às vezes penso que não.

— E qual o problema disso?

— Você está prolongando o luto.

— Quem é você para falar sobre o meu luto? Você tem evitado sentir qualquer coisa desde que o Colin partiu, porra. Não diga que estou "prolongando o meu luto" quando você nem começou o seu — mamãe bradou o argumento com firmeza e coesão, enquanto ainda segurava as lágrimas. Eu queria tanto a abraçar naquele momento, ela merecia esse abraço. — Eu sei que o meu filho não vai voltar para casa. Só quero imaginar como seria, apenas um pouquinho. Por favor, não tente tirar isso de mim.

Observar as lágrimas deslizando pelo rosto da minha mãe fez com que eu arremessasse o pote de biscoitos contra uma das paredes do cômodo. Eu queria que meu ataque de histeria fosse percebido por ambos, para que parassem de discutir. Eles não escutaram nada. Para eles, no plano físico, o pote continuava em cima da geladeira, totalmente imóvel. Eu sentia a angústia correndo por minhas veias, como um veneno que consumia todo o carinho que eu tinha por meu pai.

Meu pai era complicado.

Meu pai era egoísta.

Meu pai era covarde.

Agora, vendo as coisas de outra perspectiva, acredito que ambos estavam vivendo o estágio inicial do luto, sem conseguir enxergar como o outro precisava lidar com esse momento. Enquanto minha mãe buscava conforto em imaginar a possibilidade de que um dia eu retornaria ao mundo dos vivos, o meu pai ignorava os pensamentos dolorosos com a crença de que isso o tornaria mais forte. A falta de compreensão de ambas as partes acarretou naquela discussão.

Eu não suportava observar como os meus pais pareciam quebrados por minha ausência e por isso segui para fora da cozinha, tentando fugir da anormalidade daquele cenário. Não voltei para o meu quarto, caminhei diretamente para fora da casa. Eu precisava de um pouco de espaço.

Caminharia diretamente para a rua se não parasse para observar o meu pequeno irmão sentado sobre o sofá da varanda, envolvido em um desenho que pintava com os seus lápis de cor. Sentei-me ao seu lado, ocupando o espaço vago no sofá, e permaneci em silêncio para apenas apreciar o desenho.

Gostaria de descrever aqui uma obra sentimentalista, sobre como o meu irmão desenhou toda nossa família lado a lado, enquanto o pequeno Colin Palito estava sobre as nuvens com uma auréola sobre sua cabeça, olhando para baixo na intenção de vigiar cada membro de sua amorosa família. Entretanto, Dick estava apenas desenhando um carro qualquer e sem nenhuma criatividade. A quebra de expectativa me fez gargalhar e desviar o olhar para a rua deserta.

— Se eu fosse você, usaria um pouco mais de vermelho nesse carro bonitão — deixei uma crítica construtiva ao artista antes de me levantar e seguir na direção da rua. Se eu tinha certeza de para onde estava caminhando? Claro que não.

Deixando para trás uma casa *quase* silenciosa, decidi explorar todas as belezas do mundo.

Capítulo 4

Desisto, quero voltar para o meu quarto.

Nunca desejei tanto voltar correndo para casa.

Claro, Saint Valley não era uma cidade turística que era fervorosamente frequentada durante o verão, porém, é inegável que as ruas estavam vazias demais para o meu gosto. Pensando bem, era até meio sombrio. Busquei não permitir que a falta de aventuras trouxesse consigo o tédio, por isso romantizava mentalmente cada passo daquela caminhada pela minha rua. Lá estava eu, Colin Hargrove, seguindo por uma estrada de doces memórias.

Naquela mesma rua, passei várias tardes brincando e correndo com a minha irmã mais velha, iniciei jornadas de bicicleta com o meu melhor-amigo, contrariei meus pensamentos sobre garotas populares e acompanhei Grace Phillips do colégio até a sua casa, e, por último, mas não menos importante, fui babá de Dickson para pedir doces no Halloween com nossas fantasias de Batman e Robin (sim, eu era o Robin). Eu sentia falta de cada um desses momentos tão pequenos e insuperáveis, deveria ter aproveitado cada segundo enquanto todos não me viam como um garoto morto.

Nem em um milhão de universos e realidades paralelas, eu poderia imaginar que aquela rua pudesse trazer mais alguém para a minha jornada. Longe de casa, agora quase ao fim da rua, era impossível não escutar os gritos animados de uma menina que brincava com as suas bonecas no quintal de sua casa. Ela não parecia ser mais velha do que o meu irmão, brincando com as pernas cruzadas e usando duas de suas bonecas loiras padrão para imitar uma luta em ringue. Todavia, o foco desse ponto da narrativa não é a garotinha, e sim, a mulher que estava sentada em cima de uma mesa de piquenique, enquanto vigiava a pequena. A asiática quarentona esboçava um sorriso ao levar um cigarro até os seus lábios e mantinha seus olhos focados para a rua, quase como se pudesse me enxergar. *Maconha*. Não querendo bancar o branquelo conservador de classe média, mas quem fuma maconha perto de uma garotinha tão nova? Parei de andar, observando-a soltar a fumaça ao jogar seus longos cabelos negros para trás dos ombros.

— Sabia que é errado fumar perto de criança?! — repreendi a mulher no tom mais alto e imponente que eu conseguia, acreditando que, assim como o restante do mundo, a mulher não poderia me escutar. Com a sensação de tarefa cumprida, eu estava pronto para continuar a minha caminhada.

Surpreendendo a muitos (eu mesmo), a "maconheira no fim da rua" gritou de volta:

— Sabia que é errado cuidar da vida dos outros?

Paralisei no lugar. Meu Deus. Obter uma resposta depois de tantos dias de solidão era como injetar uma dose de euforia nas minhas veias. Por impulso, corri em direção ao jardim da casa desconhecida, ignorei a presença da menina e parei em frente da mulher de vestido amarelo. O seu olhar era de puro deboche, como se aquela situação fosse uma piada para si. Talvez fosse uma piada. Mas para mim, aquele encontro poderia ser a resposta para tudo.

— Você consegue me escutar? — questionei, gaguejando já no início da frase. O meu corpo estremecia por completo, como se a qualquer momento eu fosse mijar na minha calça jeans.

— Você quer ser escutado?

Maconheira arqueou uma sobrancelha.

— Eu acho que sim.

— *Acha* ou *tem certeza*?

— Certeza, pelo amor de Deus.

— Se considere escutado, garoto.

O olhar incisivo da mulher me deixava em choque.

— Como isso é possível? — perguntei com receio.

— Que eu consiga te escutar? — a desconhecida tragou o baseado, pronta para soltar uma revelação. — Eu estou morta *também*. Por isso, se eu fosse você, eu não me preocuparia se a fumaça vai ou não afetar a saúde da

minha neta. Ela não sente o cheiro na mesma intensidade em que eu não sinto o efeito dessa coisa.

— Qual o sentido de fumar se não vai sentir o efeito?

— Estilo de vida — ela respondeu com um sorrisinho, agora desviando o olhar para a rua. Era uma resposta justa, devo admitir. — Quer continuar com a entrevista ou posso saber o seu nome antes? Pode não ser o seu caso, mas a minha mãe me ensinou a não conversar ou invadir os quintais de estranhos.

— Ah, eu sou o Colin — cumprimentei de modo desajeitado, segurando uma de suas mãos por tempo demais. Quando percebi que talvez o clima ficasse constrangedor, soltei a mão da desconhecida como se estivesse em chamas.

— E qual o seu apelido?

— Não tenho apelidos. É apenas Colin.

— Isso é muito triste — ela zombou, rindo. — Pode me chamar de Connie, se você quiser. — Anotei o nome da maconheira em minha mente, ciente de que esqueceria o nome de Connie em um curto prazo de dois dias, como sempre acontecia com os meus novos colegas de turma. — Vai perguntar alguma coisa relevante ou vai continuar me encarando como um cachorro?

Precisei me segurar para não rir de sua pergunta.

— Você está nessa vida de fantasma faz quanto tempo, Connie? Dois meses?

— Vinte e dois anos — a voz de Connie poderia até demonstrar desinteresse pela data, mas havia algo na expressão da mulher que me fazia cogitar de que Connie contava até mesmo os segundos desde a sua morte.

— E você?

— Uma semana, talvez um pouco mais — depois de tantos dias sem uma conversa, eu sentia que boa parte da minha dicção havia desaparecido. — Vou ficar aqui nesse limbo por quanto tempo, Connie? Não consigo manter a sanidade nem até a próxima sexta, imagina pela eternidade.

Connie deu alguns tapinhas no espaço vago ao seu lado, e, como eu estava me acostumando com a sua companhia e o cigarro em sua mão, aceitei o convite. Sentei em cima da mesa, puxei as pernas para cima e as envolvi em um abraço. Maconheira soltou uma risada, provavelmente pensando em como eu parecia uma criança assustada.

— Eu escolhi estar aqui para sempre, ou seja, você não precisa ficar em Saint Valley se não quiser. Quando você realmente estiver pronto, o ceifeiro irá te oferecer uma passagem para o que eu chamo de "lugar melhor". É um convite, não uma ordem. Entendeu?

— Acho que sim — eu não havia entendido nada. — O que preciso fazer ou falar para que me considerem pronto?

— Admitir que você está morto seria um bom começo.

Neguei com um movimento de cabeça. Era uma situação temporária que eu logo resolveria, eu não estava morto. O olhar de Connie indicava o quão sério ela estava falando sobre eu estar morto e como não haveria um amanhã em que eu acordaria com vida. *Morto*. Não, não, não. Ela estava completamente errada.

— Não vai mesmo aceitar esse fato? Sem pressão.

Eu sentia como se Connie estivesse me pressionando.

— Eu... — eu estava apavorado com o pensamento de que a minha vida nunca voltaria ao normal, era complicado. Não consegui responder Connie, observando-a arremessar o baseado para longe e pousar uma de suas mãos em meu ombro. Ela aparentava entender de que eu ainda precisaria de um tempo para deixar a negação de lado. — Pode me dizer como é a pessoa que vai vir me fazer essa tal proposta? Um senhor esquelético vestindo uma capa preta?

— Quase isso. Os ceifeiros sempre usam preto.

Acostumados com a companhia um do outro, desenrolamos uma conversa que se prolongou até o fim daquela tarde. Connie não parou de falar sobre as vantagens de ser um fantasma, dos lugares que eu poderia me arriscar a conhecer e como era divertido não precisar dormir - e, de certa forma, isso serviu como uma bela distração. Cheguei na conclusão de que Connie parecia ser uma boa pessoa, ou seja, se eu tivesse de estar preso pela eternidade e precisasse conversar com apenas um ser humano, ela era a melhor das opções.

Precisei voltar para casa, pouco antes de escurecer.

Capítulo 5

Conheça o Palácio Hargrove.

O Palácio Hargrove foi construído nos fundos do meu quintal durante o tedioso verão de 1987, quase uma década antes de toda aquela confusão. A ideia de uma casa na árvore não surgiu de nenhum membro da família em específico, porém, meu pai, Casey, no auge de seus treze anos, e boa parte dos nossos vizinhos decidiram em conjunto de que aquele esforço valeria a pena. Mamãe, conhecida por surtos durante as reformas, precisou manter a calma enquanto os vizinhos invadiram nossa casa todos os dias, liderados por meu pai autoritário, minha irmã escaladora de árvores, e eu, Colin Hargrove, sentadinho na varanda no aguardo do momento de brincar. Nunca me considerei fã do trabalho braçal.

Um projeto extraordinário, que anteriormente existia apenas no papel, tornou-se o meu lugar favorito em todo, um castelo em que eu era o único rei e um refúgio que me protegeria de todo o mundo. O Palácio Hargrove foi inaugurado em meu aniversário, e com certeza, foi um dos presentes mais memoráveis de toda a minha vida. Eu passava quase todos os dias enfurnado ali dentro, principalmente depois de conhecer Miles, pois ele também me trazia essa familiar sensação de segurança. Subindo pela escada de acesso, passamos horas lendo juntos em nosso clube do livro particular, assistindo alguns filmes de qualidade questionável na televisão de tubo ou escrevendo nossos planos para o futuro no quadro negro. Nós até tínhamos noites do pijama em que decidíamos dormir bem ali, após uma ótima sessão de karaokê, apreciando a companhia um do outro.

"*Eu e você contra o mundo inteiro, cara.*"

"*Isso soou muito clichê.*"

"*Eu sou o rei dos clichês, você já deveria saber.*"

"*Claro que eu sei, por isso estou sendo meloso e clichê ao concordar que somos eu e você contra todo mundo.*"

Outros momentos marcantes que posso contar para vocês ocorreram após Grace pedir para conhecer a minha casa da árvore, alegando como não aguentava seu pai (parte de nossa vizinhança) a relembrando o tempo inteiro como se orgulhava de ter ajudado na construção. Com os olhos brilhantes e um sorriso quase infantil nos lábios, Grace argumentou o seguinte:

"*O meu pai se orgulha mais dessa casa da árvore do que da criação da própria filha, Colin. Eu preciso conhecer a minha rival.*"

Obviamente era uma desculpa da garota de cabelos dourados para conseguir se tornar a minha amiga, e apesar do nervosismo, não consegui negar o pedido da garota por quem eu era louquinho. Ao chegar no meu refúgio, nos sentamos no par de pufes azulados em frente à televisão, dividindo uma mesma *Pepsi*. Acreditei que ela só precisava de um ombro amigo para desabafar sobre alguma briga com o namorado, Evan; mas não, Grace apenas perguntava sobre mim, queria me conhecer melhor. Nunca entendi exatamente o que Grace observou em mim, talvez a minha aparência fosse simpática ou o fato de eu ser bem mais maneiro do que seus amigos populares.

"*Ok, Colin. Imagine assim: o mundo como conhecemos está quase acabando, faltam apenas vinte e quatro horas, porém você ainda tem a chance de conhecer algum lugar do planeta. Qual lugar seria?*"

"*Ah, eu não sei. Acho que para uma praia, quem sabe.*"

"*Sério, só uma praia? Nenhuma específica?*"

"*Qualquer uma, conheci o total de zero praias.*"

Como as lembranças eram um tanto dolorosas, as afastei momentaneamente para me concentrar em subir a escada de madeira até a porta de entrada do palácio. Deslizei o tampão para o lado, liberando passagem para que eu impulsionasse o meu corpo para o interior da casa e finalizasse puxando minhas pernas para dentro. Estava escuro por conta do anoitecer, mas não encontrei dificuldades de me mover para lembrar exatamente onde estava a cordinha que acenderia a única lâmpada de todo aquele espaço.

Oito dias sem entrar no Palácio Hargrove pareciam décadas! Jurava que não reconhecia quase nenhum dos

objetos do cômodo. Como se fosse a minha primeira vez no local, deslizei meus olhos pelas várias janelas, a estante empoeirada cheia de CD´s antigos, jogos, livros, que contrastavam bem com as anotações sobre filmes no quadro negro, com os pôsteres de bilheterias famosas nas paredes de madeira, os pufes azulados com manchas de bebida, um Miles que estava sentado sobre esses mesmos pufes... *espera, um Miles?*

— Puta merda! Colin!? — Miles levantou do pufe em uma velocidade desumana, colidindo desajeitadamente contra a parede mais próxima. Como um bom cristão, usou os dedos indicadores para realizar o sinal da cruz, mantendo os olhos agitados sobre mim como se eu fosse um vulto.

Sejamos francos aqui, eu estava quase tão apavorado quanto ele, sem saber exatamente como agir. Até então, havia em mim a teoria de que seres do plano físicos não poderiam enxergar pessoas no plano espiritual.

— Você está vivo?

Não, Miles, eu estava bem morto.

Mortinho da silva.

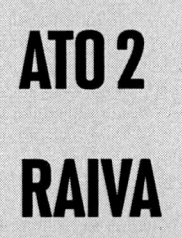

ATO 2

RAIVA

"Você está tirando fotos que você não pode perder
Seja o artista da minha musa
Eu acho que morrer é uma coisa linda de se fazer
Do seu lado"
"Dying Is A Beautiful Thing To Do" – EASHA

Capítulo 6

Eu e você contra o Além-Vida

Eu não tive tempo o suficiente para explicar toda a situação para Miles antes que o mesmo corresse na direção da TV, arrancasse a antena da televisão e apontasse na minha direção como se fosse uma espada. Ele estava com medo, assim como qualquer pessoa normal também estaria ao ver um amigo morto. Os olhos verdes do garoto transmitiam a confusão que havia se espalhado em sua mente, as mãos estremeciam como árvores em meio a uma tempestade e sua dicção estaria páreo a páreo com a de uma criança de quatro anos.

O garoto soltou uma gargalhada alta ao se dar conta de sua própria dicção, até se recordar de que estava em uma situação de perigo, fechar o rosto novamente e voltar a me ameaçar com a antena.

— Colin, é você mesmo? — Miles questionou, apavorado.

— Claro que sou eu! — me senti ofendido pela falta de confiança do meu amigo, batendo uma mão em meu peito para mostrar que estava falando seriamente. — Precisa que eu te prove?

— Ah, mas é claro. Preciso de uma prova de que você não é um clone do governo, o diabo em forma humana, ou um alienígena perdido querendo voltar para casa. — Miles calou a boca, provavelmente para avaliar quais seria os questionamentos que eu precisaria responder para provar a minha inocência diante das acusações de falsidade ideológica. Em certo momento, uma lâmpada foi acesa sobre a cabeça do meu amigo. Cogitei que ele havia pensado na pergunta mais específica do mundo todo, e que, mesmo eu sendo o verdadeiro Colin Hargrove, seria impossível que eu acertasse a resposta. — Qual é o meu nome, seu impostor?

— Miles? — a resposta óbvia soou mais como uma dúvida, afinal eu me encontrava em estado de choque diante de tamanha falta de criatividade.

O meu amigo entrou em estado de choque, completamente atônito com a minha resposta certeira. Ficou calado por alguns segundos, antes de abrir o sorriso mais iluminado do mundo. Talvez agora realmente acreditasse que eu era quem dizia ser.

— Puta que me pariu, é você mesmo!

Durante anos, realizei uma série de estudos que chegaram à constatação de que o espírito animal de Miles era um Golden Retriever, um cachorro amoroso, cheio de lealdade e por muitas vezes abobalhado das ideias. Aquele momento foi a prova que faltava para a minha tese. Miles simplesmente surtou em comemoração, pulando euforicamente de um lado para o outro, até arremessar a antena contra uma das

paredes da casa da árvore e erguer ambos os punhos para cima. Não consegui evitar de abrir um sorriso pelo meu amigo estar tão feliz por estar novamente comigo. Eu me senti muito amado, sério.

— Eu posso te abraçar?! — ele questionou, animado.

— Eu provavelmente acabaria te atravessando, já que o plano astral não pode entrar em contato com o físico. Seria bem estranho.

— *Seria mesmo?*

— Teria como não ser estranho?

Miles não teve outra escolha além de concordar comigo, se mantendo a uma distância segura para evitarmos qualquer forma de constrangimento possível. Independente disso, eu queimaria o mundo inteiro apenas para conseguir abraçar o garoto Sutherland. Eu precisava tanto daquele abraço...

De qualquer forma, eu não queria reclamar de barriga cheia. Ao menos era reconfortante poder conversar com a minha pessoa favorita no mundo inteiro.

— Do que você se lembra? — com uma rápida mudança de expressão, Miles colocou os meus dois neurônios restantes para trabalhar em busca de uma resposta. Sendo sincero, eu não lembrava de muita coisa, como se o trauma do momento da minha morte me impedisse de enxergar tudo corretamente. — Você se lembra da festa do quatro de julho, correto?

— Na casa da Grace? Sim, eu lembro disso. Lembro também que fomos de bicicleta, mas não encontrei a minha na garagem.

— Além disso, não lembra de mais nada?

Miles estava tentando chegar em algum lugar.

— Nadinha — dei de ombros.

Ele assentiu com uma expressão entristecida estampada em sua face, parecia um tanto decepcionado com a minha falta de recordações. Tudo bem, eu precisava pensar em algo engraçado para evitar que o clima de depressão se instalasse no cômodo.

— Você acha que eu consegui dar uns beijinhos na Grace antes de... você sabe, antes de morrer? — apesar do tom brincalhão em minha voz, eu torcia realmente por uma resposta positiva. Eu era apaixonado por aquela garota há anos, mesmo ciente de que seu casório com o namorado perduraria por muito mais tempo. Eles eram amigos de infância, com famílias amigas e respeitadas por sua posição na comunidade cristã de Saint Valley. Dois pombinhos destinados a se casar, mesmo que, para isso, Grace vivesse o resto de sua vida com um sorriso triste no rosto.

Obviamente eu também não aceitaria ser o amante da loira, já que Evan Churchill provavelmente me enterraria vivo quando descobrisse a relação secreta. Ele sempre foi maluco das ideias.

— O quanto você quer que a resposta seja "sim"? — um sorrisinho surgiu no rosto de Miles, indicando que a minha tentativa de aliviar o clima havia sido bem sucedida.

— De zero a cem? Cento e vinte por cento.

— Ah, claro que vocês se beijaram. Foi super romântico. Você derrubou o Evan durante uma briga, então abraçou a Grace e deu um beijo de cinema. Todos aplaudiram

— respondia Miles com um leve aroma de mentira deixando os seus lábios. Como um bobo, eu deixaria me convencer por hora de que a parte da história sobre eu beijar Grace havia sido verdadeira. Evan ter deixado o meu olho roxo depois de uma briga física também fazia sentido, dependendo de qual motivo nos levou até a discussão. Miles precisava me contar essa história direito. — Voltando ao que importa... Colin, posso contar o que aconteceu contigo depois que decidiu sair da festa mais cedo?

— Se você for direto, pode contar.

— Um carro passou por cima de você.

— Não precisava ser tão direto assim! — entrei em estado de hiperventilação, como se um tiro (ou um carro) me acertasse com a maior força conhecida na face da terra. Alguns passos para trás até me encostar na parede, colocando a mão sobre um coração que não batia mais em meu peito. Que droga. Que droga. Que droga. Em meu estado de surto, tudo o que me restava era observar um Miles que parecia arrependido por não ter medido as palavras. — Você está falando sério? Eu morri por ser burro?

— Você não foi burro, Colin. Foi um acidente.

Com o corpo exausto pela insônia que perdurava já uma semana completa, Miles jogou o corpo sobre um dos pufes azulados e me convidou para sentar ao seu lado. Também cansado, mas por motivos diferentes, aceitei o convite. Como se fosse uma noite normal de verão, ali estávamos nós, conversando com os dois pares de olhos focados na televisão desligada.

— Eu *fui* burro, Miles. — Os milhares de pensamentos negativos e pessimistas me impediam de sequer desviar o olhar na direção do meu amigo, como se eu pudesse também o contaminar com tamanha desgraça. Lágrimas silenciosas desciam pelo meu rosto, enquanto eu enfiava ambas as mãos no meio das pernas, procurando as proteger de um frio inexistente. — Se eu tivesse olhado para a rua antes de atravessar, nada dessa merda estaria acontecendo com a minha vida. Mas não, obviamente o Colin bêbado acreditou que era invencível com uma bicicleta no meio da madrugada... burro, burro, burro!

— Não sabemos se foi assim que aconteceu. O motorista do carro podia muito bem estar bêbado também, tanto que fugiu sem tentar te socorrer, Colin — dizia Miles no tom mais calmo e compreensivo do mundo inteiro. Virei meu rosto para o lado, notando que ele mantinha os olhos focados em mim o tempo todo. Por mais que eu estivesse decepcionado comigo, ele jamais estaria. — O desgraçado que te atropelou poderia ter salvado a sua vida, mas não o fez. Eu também poderia ter te acompanhado em segurança até em casa, garantido que você chegaria vivo.

— O que aconteceu não é sua culpa.

— E também não acho seja sua — Miles abriu um sorriso novamente, trazendo o conforto que eu tanto precisava naquele instante sombrio. Talvez o culpado fosse mesmo o motorista, e nós dois, diretamente ou não, fomos vítimas de suas ações. — Chega de nos culpar como dois estúpidos, então? É uma perda de tempo! Podemos usar essa chance para dar uma volta pela cidade, como a gente planejou fazer durante o verão. A escolha está em

suas mãos: ficamos aqui sofrendo ou vivemos uma grande aventura. O que você escolhe, Hargrove?

Ele nem precisava perguntar, sabia bem qual era a resposta que deixaria os meus lábios. Eu sempre o escolheria.

Já ciente de qual seria a minha resposta, Miles saltou do pufe e caminhou na direção da saída. Sendo honesto, se ele não fosse tão rápido, teria solicitado por mais cinco segundos de descanso antes da grande aventura. Estar morto era cansativo, vocês me entenderiam se também já tivessem morrido alguma vez. Enfim, optei por seguir meu amigo para a nossa grande aventura da noite.

Um estrondo ecoou da cozinha bem no instante em que contornávamos a residência para chegar até a rua, era o som de algo frágil sendo quebrado. Como se estivéssemos brincando de espiões, nos esgueiramos até uma das janelas e olhamos discretamente para o interior da cozinha — não era como se eu tivesse a necessidade de ser discreto, só não queria deixar Miles se sentindo mal por estar invadindo a privacidade da minha família. Enxergamos o meu pai sendo tomado por lágrimas, encolhido em um dos cantos e encarando os cacos de vidro espalhados por todo o cômodo. Pela distância entre o Sr. Hargrove e onde originalmente o copo havia sido arremessado, supus que aquilo havia sido um ataque de fúria e não um acidente. Ele não estava emocionalmente bem, não como aparentou mais cedo em conversa com a minha mãe.

Agradeci a uma força maior quando a minha mãe surgiu na cozinha, mais uma vez aquecida em um dos meus moletons. O meu pai agora não parecia se importar com isso, já que seus olhos brilharam ao ver a esposa chegando ao seu resgate. Ela se aproximava com extremo cuidado, questionando se ele se sentiria confortável com um abraço. O homem concordou, permitindo-se desatar em lágrimas nos braços da mulher que tanto amava.

Nunca pensei que veria o meu pai naquele estado, não conseguindo mais segurar todos os sentimentos para si até que eles fossem refletidos através de um ato violento. Ele estava com raiva. Contava para a minha mãe o quanto se odiava por não ter conseguido proteger o próprio filho. Esse era o seu dever como pai.

Pai, se eu estivesse vivo, eu gostaria de te dizer que você fez o seu melhor para me proteger. Não foi a sua culpa. Você não falhou como pai. Eu me arrependo de ter colocado você por tantas vezes como ausente sendo que você nunca saiu do meu lado. Droga, eu falaria qualquer coisa apenas para que você parasse de chorar.

Esperei que os beijos da minha mãe fossem o suficiente para te acalmar, decidindo que, se eu não queria continuar chorando, precisaria dar a privacidade que vocês dois precisavam e continuar acompanhando Miles. Enquanto o meu amigo retirava a sua bicicleta de trás dos arbustos, não conseguia conter os meus pensamentos de continuarem retornando para a cena da cozinha.

Eu também estava com raiva por ter sido morto. Era injusto que eu estivesse morto, enquanto o meu assassino ainda teria toda uma vida pela frente. Ele me pagaria por ter feito o meu pai chorar.

Capítulo 7

Evan Churchill, meus sinceros vai se f*der!

Miles e eu sempre estivemos do lado um do outro.

Ele estava presente para me dar a voz da razão quando eu discutia com os meus pais, arrumava as malas e jurava que iria me mudar para bem longe dali. Eu estive ao lado de Miles por meses enquanto ele proclamava aos quatro ventos que conquistaria o primeiro lugar em um campeonato de xadrez; até que conquistou o almejado quinto lugar. Sutherland esteve ao meu lado quando o convenci a ler todos os meus livros favoritos, formando assim o nosso clube secreto do livro. E eu, Hargrove, acompanhei o meu amigo após ele revelar a sua avó que gostava de meninos. Ela não lidou muito bem no começo, mas com tempo e paciência, a idosa pareceu entender que Miles não escolhia quem amar.

Era fofo como a Vovó Sutherland amava o neto o suficiente para tentar abrir a sua mente, mesmo após uma vida inteira sendo ensinada pela sociedade que deveria desprezar pessoas diferentes do padrão. Ela chegar nessa conclusão me trouxe esperanças de que um dia o mundo será um lugar melhor para pessoas como *nós*. Nunca cheguei a conversar com Miles ou a minha família sobre as dúvidas que eu sentia sobre a minha sexualidade, havia em mim o medo de como as pessoas poderiam atacar o meu amigo insinuando que ele havia me "transformado". Isso era mentira. Miles ser gay não tinha nada a ver com o fato de eu também gostar de meninos... Queria ter tido a oportunidade de ter beijado algum cara enquanto ainda estava vivo, talvez me ajudasse a encontrar a resposta para as minhas dúvidas.

Talvez seja algo que eu possa conversar com Miles antes de ser carregado para o Além. Eu não considerava que a minha sexualidade era um segredo entre nós, porém, o fato de por muitas vezes eu ter desejado que Miles me beijasse, talvez poderia ser considerado como algo que mantive oculto por bastante tempo.

Estar apaixonado por seu melhor amigo é tão clichê.

Todos esses pensamentos corriam pela minha cabeça durante a nossa exploração pela cidade, que naquele momento da noite, já se encontrava estranhamente vazia. Miles não poupou saliva ao fazer diversas perguntas, e isso não me incomodou, poderia o escutar falando na minha orelha até o amanhecer. Até mesmo quando eu estava montado em sua garupa, ele não ficava quieto, buscando saber de cada detalhe existente no plano astral.

Aproveitei uma parada no semáforo vermelho para saltar para fora da bicicleta, pedindo para que Miles fizes-

se o mesmo. Como eu não queria passar a noite inteira falando sobre estar morto, eu tinha a proposta ideal para irmos direto ao ponto.

— Não quer ativar o modo "se vira nos trinta" antes que eu surte com tantas perguntas, não? — contextualizando para vocês, essa foi uma brincadeira criada com Sutherland há muitos anos atrás. Era a maneira perfeita de evitar um assunto longo e chato, com a utilidade de saciar a curiosidade no menor tempo possível. Eis uma explicação rápida: o indivíduo Miles irá lançar todas as perguntas possíveis para Colin, uma de cada vez, enquanto o segundo citado precisa responder do modo mais veloz possível até que o prazo chegue ao fim.

Após os trinta segundos, é proibido reviver o assunto até uma outra ocasião em que seja extremamente necessário.

Miles abriu um sorriso sapeca diante da minha proposta, já levando os olhos castanhos para o relógio do pulso para conseguir cronometrar corretamente o tempo. No instante em que o ponteiro maior encontrou o XII, sabíamos que era a hora de começar o jogo.

— Você consegue atravessar as paredes?

— Não, meu caro — respondi buscando ser direto.

— Mas consegue atuar como um *poltergeist*?

— Infelizmente não.

— Mas possui algum super poder especial?

— Se tédio absoluto for considerado uma habilidade.

— Parece bem chato estar morto.

— É muito chato, você não tem noção.

Miles soltou uma risada, quase esquecendo que deveria segurar firme o guidão da bicicleta enquanto caminhamos.

— Quanto a festa, você realmente não lembra de nada?

— Nada, as memórias estão todas bloqueadas.

Ele parou no meio da rua, pousando o olhar sobre mim.

— Como se sente com tudo isso?

— Confuso, um pouco assustado.

— Sabe que estou contigo até o final, não sabe? Não vou sair do seu lado — ele falava de modo tão reconfortante que posso jurar que senti o meu coração bater novamente no meu peito. Era impossível não manter os meus olhos em seus lábios.

— Eu sei que você está, você nunca saiu do meu lado.

— Era apenas para confirmar.

Desviei o olhar para a rua à nossa frente, novamente perplexo em como estava deserta apesar de estarmos em pleno verão. Um pouco mais tarde, eu chegaria à conclusão de que a minha morte era de certa forma responsável por esse estado de pavor que tomou Saint Valley por semanas. Os moradores também estavam com medo de se tornarem uma vítima do atropelador misterioso, mesmo que ele tivesse apenas uma vítima em sua contagem de corpos. Se estivéssemos lidando com um assassino em série, seria capaz de todos se recusarem a deixar a segurança do lar por meses.

Como eu disse anteriormente, garotos simplesmente não aparecem mortos em cidades pacatas como aquela e

qualquer situação fora da normalidade poderia causar um surto coletivo.

— Se você está morto e pode ir para qualquer lugar, porque continua aqui, Colin? — perguntou Miles, me trazendo de volta para aquele momento. O seu questionamento fazia sentido. Se eu pudesse visitar qualquer lugar que eu quisesse, por qual razão eu não conseguia me distanciar da minha casa?

Logo, descobri que a resposta era óbvia.

— Não *quero* deixar minha família para trás.

— Essa foi uma resposta fofa.

— Cala a boca! — resmunguei, soltando uma risadinha. Ele estava certo, era realmente fofo que eu amasse tanto a minha família que não conseguiria ir embora e perder os meus últimos momentos ao lado deles. — O tempo da nossa brincadeira já acabou?

— Espera! Eu nem cheguei a perguntar se os fantasmas conseguem ficar...

— Irmão, cala a boca! — precisei impedir que Miles finalizasse a pergunta um tanto quanto invasiva em questão de privacidade. Gargalhei alto. — Só não, por favor. Limites.

Miles também me acompanhou na risada, novamente perdendo a concentração em segurar a bicicleta. Ele nem percebeu a família que cruzava do outro lado da rua, trocando em cochichos entre si ao observarem um garoto maluco rindo sozinho. Tenho certeza de que pensaram em chamar ajuda psiquiátrica ao menino, mas decidiram se conter ao lembrar de que deveriam cuidar da própria vida.

Eu deveria ter avisado Sutherland que precisava ser mais discreto ao conversar com alguém invisível? Provavelmente, mas era engraçado assistir a reação das pessoas.

Era a minha vez de assumir o controle da brincadeira e realizar o máximo de perguntas ao meu amigo. Com dezenas de perguntas já correndo pela minha cabeça, esperei que o relógio chegasse ao décimo segundo número romano e recomecei o jogo do zero. Antes que a primeira pergunta deixasse os meus lábios, houve tempo para que eu notasse que havíamos chegado na área comercial da cidade.

— E como você se sente com a minha morte? — indaguei, curioso pela resposta que viria. Hoje em dia, eu enxergo que deveria ter sido menos direto com esse questionamento, talvez preparado o terreno para que Miles soubesse como responder. Falar sobre luto não era como conversar sobre o clima.

— Sendo sincero? Eu não sei.

— Defina com uma palavra, Miles.

— Triste. Solitário. Sem rumo.

— Ok, isso foi bem mais do que uma palavra.

Miles assentiu, agora com uma expressão triste no rosto.

— Eu sinto sua falta — ele não se importou em paralisar o nosso jogo, parando até mesmo de caminhar. Os seus olhos indicavam o quanto ele precisava tirar um peso de seus ombros. — Você sempre foi o meu único amigo de verdade, que nunca me abandonou ou deixou de me escutar quando precisei. As nossas decisões e ideias malucas eram tomadas por você, entende? Eu sou o seu braço

direito que te apoia quando necessário — ele voltou a caminhar, desviando o olhar para o céu estrelado acima de nós. — Eu sou o *Robin*, não o *Batman*.

— Miles...

Ele não permitiu que eu o interrompesse, continuou:

— Estar contigo é como se eu estivesse com uma bússola nas minhas mãos, e, mesmo de olhos fechados, todo o caminho parece simplesmente fácil — Miles fechou os olhos, literalmente. — Estar sem você é como se eu estivesse em um labirinto, sem saber qual rumo devo continuar seguindo.

— Eu sou uma bússola? — eu sempre fui o tipo de pessoa que faz piadas em momentos sérios, buscando evitar que um clima pesado controle a conversa. Foi exatamente assim que agi naquele momento, mesmo ciente de que Miles precisava desabafar.

— Uma bússola meio quebrada, porém útil.

— O importante é funcionar! Pare de exigir demais.

O nosso papo encontrou um fim quando passamos em frente a um dos vários mercadinhos do bairro, já que nos deparamos com Evan Churchill e seu grupo de amigos no estacionamento. Pela primeira vez, ele não está falando besteira como o restante de seus parceiros, com o olhar fixo e distante em uma direção qualquer. Estranho que eles não estejam no carro de Evan, como de costume. Dessa vez, estão reunidos em volta da caminhonete vermelha de um dos membros do clube, com o líder do grupo (Evan) sentado na parte traseira do veículo enquanto observava o restante brigar por raspadinhas de morango.

Churchill finalmente reparou a presença de Miles.

Sejamos sinceros, o filho do pastor nunca foi um dos garotos mais populares dos colégios, afinal não era reconhecido como atleta de qualquer esporte ou relevante nos corredores, sendo apenas o "namorado de Grace" desde os catorze anos. Um garoto solitário com síndrome de babaca que descontava os surtos de raiva em qualquer pessoa que surgisse em seu caminho, independente se fosse em discussões com sua namorada ou em violência física contra outros garotos. Não achem que estou pegando pesado ao dizer essas coisas sobre ele, nem cheguei a comentar um terço das coisas que ele já usou para atacar pessoas inocentes.

— Miles, não vale a pena — eu não queria que o meu amigo entrasse em uma briga contra o crente. Não seria a primeira vez que eles entrariam em uma discussão, claro. Era a década de noventa, pessoas com as crenças de Evan implicavam com meninos como Miles pela sexualidade. O meu amigo nunca recuou diante disso, não tinha medo nenhum de descer a porrada em qualquer babaca que quisesse se meter na sua vida. Não defendia apenas a si mesmo, mas também alguns de nossos outros amigos do colégio.

Era injusto pensar que nós tínhamos de fazer uso de violência para nos sentirmos seguros em um colégio que deveria nos proteger, nunca fez sentido para mim.

— Eu estava falando sério quando disse que você e o Evan entraram em uma briga na noite da festa — Miles cochichava próximo ao meu ouvido, mantendo o olhar fixo

em nosso inimigo mortal durante todo o tempo. — Como sempre, ele decidiu fugir com o rabo entre as pernas para não apanhar mais. Tenho certeza que o pastor percebeu os hematomas no rosto do filho, por isso retirou o carro de Evan como forma de punição. Irônico que exista um valentão que não saiba bater.

— Eu ganhei a luta ou não?

— Sim, ainda conseguiu defender a Grace.

Caraca, eu ganhei mesmo.

— Aprendi com o melhor — se Miles não estivesse tão imerso em seu confronto de olhares com o perdedor de lutas, poderia me ver abrindo um sorriso ao seu lado. — Vamos. Temos planos melhores para hoje do que discutir com esse babaca.

Acredito que Sutherland esperava que Evan partisse em busca de briga naquela noite do estacionamento, ou que, no mínimo, fizesse alguma piadinha sem graça. Mas ele não o fez. Nenhum dos dois estava psicologicamente bem para brigar.

Aceitando o fardo de ser o perdedor na guerra de olhares, o valentão voltou a olhar para o vazio, como se isso o transportasse para alguma outra dimensão. Ele não estava chapado, apenas triste. Me perguntei se a minha morte havia afetado Evan ao ponto de fazê-lo repensar sobre toda a sua existência. Seria uma reviravolta.

— Ganhamos *de novo* — Miles assumiu a posição de vencedor, voltando a guiar o caminho para o nosso misterioso destino.

Capítulo 8

Invasão (não ilegal) de território escolar.

De todos os lugares do mundo, nunca me passaria pela cabeça que Miles estava me levando para a biblioteca do colégio. Desde que éramos calouros, Miles conquistou o seu posto de estagiário favorito da Sra. Peregrine, que confiou no garoto para ser o guardião da chave reserva do prédio. Sinceramente, ela era meio biruta, já que nenhum outro responsável teria confiado uma chave tão importante para um aluno. Enfim, para não perder o privilégio, Miles garantiu que não havia nenhum segurança à espreita nos corredores antes de prosseguirmos para o nosso objetivo.

Não havia ninguém na biblioteca.

Imaginei que Miles havia me levado até o local para ficarmos batendo papo num dos cantos para estudo, porém, ele tinha planos ainda mais audaciosos. No interior de um exemplar de "O Fantasma da Ópera", encontrou mais um molho de chaves da Sra. Peregrine, que nos daria acesso aos andares superiores do prédio. Miles indicou com a cabeça que eu deveria continuar o acompanhando.

As chaves nos deram acesso ao topo do prédio de cinco andares, nos permitindo visualizar claramente as estrelas no céu e todas as luzes nas redondezas. Não era a vista mais espetacular do mundo, mas seria o cenário perfeito para o resto daquela noite. Me sentei no parapeito e observei o fluxo de carros a distância, seguindo a toda velocidade pela escuridão da noite.

Quais as chances de um desses motoristas ser o meu assassino?

O melhor tipo de amigo existente é aquele que não transforma os minutos de silêncio em algo constrangedor e que de alguma forma consegue transformar em instantes de conforto. Essa era a sensação que eu compartilhava com Miles, sentado ao meu lado, perdidos nos pensamentos de nossas próprias mentes. Observei os pés pequenos do garoto balançando contra o vento, enquanto suas mãos seguravam o parapeito com toda força, devido ao seu medo de altura.

Mesmo apavorado, Miles continuava ali comigo.

— Isso tudo é muito injusto — desabafei.

O garoto arqueou uma das sobrancelhas, olhando para mim.

— Como assim, Colin?

— Tudo isso! — bradei, agora sentindo a raiva percorrendo as minhas veias como uma espécie de vírus. O ódio estava estampado em meu rosto enquanto eu encarava os carros que passavam pela rua. Eu odiava todos os carros. —

Não é justo que eu esteja morto, enquanto o babaca que me atropelou vai ter a chance de ter uma vida tranquila com seus dois filhos, três cachorros, e, quem sabe, até uma fazenda no fim de mundo conhecido como Kansas. Maldito.

— Isso foi muito específico, você está bem?

— Eu não estou bem, eu estou com raiva! O mundo está cheio de gente ruim, que machucam outras pessoas por diversão e que merecem a morte muito mais do que um garoto de dezessete anos. Mas não, obviamente uma força maior precisava olhar justo para mim e dizer: *"Ei, amigo, parece que essa é sua hora. Uma pena, não é mesmo?"* — Fantasmas não costumam ficar sem fôlego, todavia eu conseguia me sentir sem oxigênio conforme ia desabafando todo o rancor guardado em meu coração. O pior era o olhar entristecido de Miles, que procurava pensar em algo que poderia me fazer sentir melhor diante da situação horrível. — Eu merecia viver, Miles.

Eu não tive tempo de viver, pessoal. Afinal, qual adolescente de dezessete anos realmente sabe como é viver? Todos os meus dias monótonos consistiam em três pilares fundamentais: 1) fingir estar estudando para as provas; 2) jogar papo fora com Miles até que nós encontrássemos alguma aventura aleatória; 3) imaginar dezenas de realidades paralelas em que eu namorava as pessoas por quem eu tinha uma queda. Em resumo, a minha vida consistia em fingir, esperar pelo futuro e sonhar acordado. Onde que isso se enquadra como viver?

Mais um breve momento de silêncio pairou sobre a nossa conversa, ao passo que o semblante brincalhão de

Miles desaparecia. Ele, entre todas as pessoas, era o único que me conhecia o suficiente para entender quando o meu limite estava próximo. Eu me sentia angustiado ao ponto de que, se eu pudesse me materializar para a forma física, a primeira coisa que eu faria era voltar ao estacionamento do mercadinho e descer a porrada no grupo do Evan.

— Quando os meus pais morreram, também teve um período em que eu me senti com muita raiva. Eu sentia como se o mundo estivesse coberto por uma onda de injustiça que havia levado as duas pessoas que eu mais amava — Miles media as palavras com cuidado para não me deixar mais ansioso. — Depois de tudo, eu prefiro pensar que tudo acontece por coincidência. Não existe um grande Deus vingativo por trás disso tudo, que julgue quem merece morrer ou viver por mais tempo. É apenas uma questão de destino.

Eu queria tanto que Miles pudesse segurar a minha mão.

— Não acredito que valha a pena você continuar odiando o mundo pelo tempo que foi tirado de você. Melhor investir as suas forças no que pode ser mudado daqui para frente — continuou ele, pousando os seus olhos gentis sobre mim. Se alguém entendia sobre o luto, a perda e a solidão, esse alguém era Miles Sutherland. — Você ainda pode mudar o mundo, Colin Hargrove.

Abri um sorrisinho bobo, quase emocionado.

— Desde quando você virou um filósofo? — indaguei.

— Se você precisar de um filósofo, eu serei ele.

— Talvez eu precise de um terapeuta também.

— Posso fazer sessões de terapia aos fins de semana.

— E se eu precisar de um necromante?

— Ok. Isso está fora dos meus limites.

Talvez a teoria de Miles sobre algumas coisas acontecerem por acaso estivesse correta. Não houve intervenção de um Deus para que eu e o carro desconhecido estivéssemos na mesma rua em plena madrugada, apenas uma questão de probabilidade. Se o destino já escreveu que eu deveria realmente morrer naquele momento, o que eu poderia ter feito para impedir? Uma escolha diferente, de ambos os lados, realmente poderia ter salvo a minha vida?

Voltei para a realidade quando Miles assobiou para chamar a minha atenção de volta para si.

— Como eu vou fugir dessa cidade sem você? — perguntou ele, apontando com uma mão para o longe. Uma lágrima solitária desceu por seu rosto delicado, caindo de encontro ao concreto.

— Como assim? Está com planos de fugir?

Os nossos olhares encontraram um ao outro.

— Nós tínhamos planos, Hargrove. Mesma faculdade, talvez o mesmo dormitório. Eu passaria meus dias estudando sobre fotografia, enquanto você escolheria algum curso chato e reclamaria sobre cada uma das aulas, mesmo adorando todas. — *Nunca terei a chance de escolher um curso chato.* — Já nos imaginava sendo bons companheiros de festa, quase inseparáveis. O que estivesse mais sóbrio pela manhã teria que arrastar o outro para as aulas, seria um pacto entre nós dois. Seria perfeito.

— É, seria perfeito. Com exceção dessa parte da festa, já que eu não tenho força física para sair dela e ir direto

para uma aula no dia seguinte, entende? — ele assentiu, concordando — Nós nem chegamos a decidir qual seria a faculdade dos sonhos, aliás. Você queria uma próxima de Saint Valley para ficar de olho na vovó, e eu queria ir para o mais longe possível.

— Você acabaria me convencendo a ir para longe.

— Não. Pensando melhor agora, eu faria de tudo para conseguir ficar próximo a minha família também — era engraçado conversar sobre planos naquele momento, levando em consideração que eu nunca os vivenciaram. — Longe ou perto, eu sei que você vai pensar num belo plano para escapar dessa cidade sem mim. Confio em você.

— Você pode vir comigo.

— Talvez sim? Ainda não tentei sair de Saint Valley.

— Perfeito. Você seria o meu Gasparzinho! — logo em seguida, Miles começou a *fanficar* sobre como poderia ser nossa interação no dia a dia no campus e evitar que os outros estudantes pensem que ele era maluco das ideias. Usando as mãos para ilustrar melhor sobre como o nosso futuro poderia ser brilhante, não parava de falar e de sonhar, sempre com aquele sorrisinho no rosto. Ele não precisou de mim para criar nenhum pedaço do plano, e sendo sincero, eu me senti extremamente orgulhoso. Uma parte de mim realmente queria acreditar que haveria um futuro para nós.

Nós. Colin e Miles. Miles e Colin.

Depois de tanto contemplar o horizonte e jogar conversa fora, decidimos que era mais seguro retornar para a casa da árvore. Como Miles já parecia exausto da caminhada, pedi para que ele ficasse ao meu lado até o amanhecer. Eu não queria ficar sozinho, não naquele momento em que o mundo ainda parecia tão sombrio. Ele aceitou. Por mais que eu não conseguisse dormir em cima dos pufes como o Sutherland, era reconfortante ver o sorrisinho em seu rosto enquanto se encontrava imerso no mundo dos sonhos, completamente alheio da fúria que sua avó sentiria na manhã seguinte.

Enquanto folheava mais para uma página de Carrie, hora ou outra me pegava olhando de relance para Miles, como se precisasse garantir que aquele momento era real. Eu não estava sozinho. As minhas bochechas coraram e o livro quase voou das minhas mãos quando fui surpreendido por sua voz sonolenta, dizendo o seguinte:

— Relaxa, Colin. Eu prometo não te abandonar.

Capítulo 9

Repito: Miles não é meu namorado.

Durante a semana que veio a seguir, Miles não me abandonou, apesar de receber um belo castigo de sua avó por simplesmente desaparecer toda uma madrugada. A reação da mulher era compreensível se levarmos em conta o pânico instaurado na vizinhança, uma nuvem negra que deixava todos os responsáveis preocupados com suas crianças. Ninguém queria um filho morto da mesma maneira que Colin Hargrove.

Em nossos encontros na casa da árvore, bastava Sutherland não fazer muito barulho para evitar chamar a atenção dos meus pais, que, se o encontrassem, o encheriam de questionamentos sobre estar conversando sozinho. Como nos bons velhos tempos, estávamos em nosso esconderijo, realizando leituras coletivas, maratonas de jogos e fofocas sobre a vida alheia.

Miles me revelou que o crente não havia perdido apenas a posse do carro, mas também a namorada – já que não os viu juntos desde a briga no quatro de julho. Na realidade, ele não havia visto Grace nem mesmo sozinha, faziam semanas desde que havia a visto passeando pelo bairro. Estranho que uma das garotas mais populares não estivesse com ânimo de sair em pleno verão...

Diferente de Grace, o restante da cidade aos poucos retomou sua rotina, aos poucos se esquecendo que um garoto morreu e que seu assassino continua desaparecido. Algo que não seria possível aos meus pais, que revezavam em turnos para comparecerem na delegacia e cobrar respostas das autoridades. Apesar da falsa positividade das respostas, aos poucos Martha e Maverick Hargrove entendiam que seria difícil identificarem o meu assassino.

O mundo poderia estar desabando do lado de fora, que Miles e eu estaríamos completamente focados em conversar um com o outro, criando planos para a faculdade e discutindo sobre a possibilidade de contar ou não o segredo para outras pessoas. Eu argumentava que chamariam Sutherland de louco, enquanto o mesmo rebatia com a possibilidade de se tornar o garoto mais popular de todos (por ter um fantasma de estimação). Apesar dos momentos de fofoca, era como se estivéssemos vivendo uma aventura literária, ignorando completamente a realidade. A fase da negação havia ficado para trás, mas eu continuava a me manipular pela crença de que haveriam mais sequências para a minha história.

Eu sentia que precisava entender as razões que levavam Miles a ser o único que conseguia me enxergar, por isso, decidi descer até o final da rua e me encontrar com a maconheira. Ela, com seu vestido amarelo e os longos ca-

belos escuros balançando com o vento, poderia me ajudar com respostas para aquele mistério.

Connie recebeu um rápido resumo de toda a situação e deu um trago profundo em seu baseado. Por longos segundos, analisou completamente a situação.

— Não entendi — ela disse, dando de ombros. — Você está confuso pelo seu namorado conseguir te enxergar?

— Ele não é meu namorado, pelos céus!

— Mas você quer que ele seja? — Connie soltou uma gargalhada alta e quase caiu de cima da mesa de piquenique. Ela apontou para o meu rosto, indicando que estava vermelho de vergonha. — Ok, chega de rir. O que eu posso dizer para você? Apenas fantasmas e crianças conseguiram me enxergar durante todos esses anos, porém, eu tenho a sabedoria para te responder essa sua pergunta. O seu *amigo* provavelmente sofreu por diversas perdas de pessoas queridas, vivendo em um luto constante que o impede de cortar a conexão com o mundo sobrenatural. Se o pobre rapaz tentar conversar com outro espírito, provavelmente não conseguirá. Essa conexão é apenas entre ele, você e o Além.

— Mas ele não me enxergou durante o enterro.

— O estado de choque é um pré-estágio do luto. Miles ainda não havia se permitido sentir e chorar por perder você. Depois do seu enterro, provavelmente a realidade atingiu o menino em cheio.

— Essa é sua análise da situação? — questionei a mulher, agora arqueando uma das minhas sobrancelhas. Tudo o que ela dizia fazia certo sentido, levando em consideração toda a dor e sofrimento que o luto já havia provocado na vida de Miles.

— Faz um pouco de sentido, né? Você mesmo disse que o garoto perdeu ambos os pais e avós quando ainda era muito jovem. Ele perder um amigo é quase como perder um irmão.

— Não é justo. Miles não merecia perder tantas pessoas.

— A vida é tão injusta quanto a morte, se acostume.

Era possível sentir certo rancor na expressão de Connie, que desapareceu quando desviou o olhar para a garotinha de fortes traços asiáticos, que brincava com suas bonecas. Os olhos da fantasma brilharam quando a mãe da menina saiu para o jardim e chamou a filha para lanchar. Ela ajudou a filha a organizar alguns dos brinquedos e agarrou-a em seus braços, fazendo a menina miúda soltar uma das risadas mais gostosas que já escutei em minha vida.

A garotinha acenou para Connie antes de ser carregada para dentro da casa, arrancando um sorriso daquela que ainda fumava.

— Você é mãe e avó delas, não é?

— Dessas duas lindas? Eu sou sim.

— É por isso que você não segue para o Além? — deixei com que a minha curiosidade fosse mais forte. — Você precisa continuar aqui para ficar perto de sua filha e neta?

— Em parte sim, Colin. Eu protejo a minha filha desde que eu descobri que estava grávida da pequena criatura que agora é uma mulher crescida. O amor que a minha filha me trazia compensava a falta de amor do meu ma-

rido — Connie finalizou o baseado e abraçou o próprio corpo, provavelmente buscando se lembrar de como seria sentir o abraço de sua garotinha novamente. Dor estava estampada em seu olhar, enquanto lágrimas desciam pelo seu rosto de porcelana. — Eu não enxergava como ele era um homem mal até que fosse tarde demais, até que ele surtasse novamente por um motivo fútil e decidisse que eu não merecia mais *viver* como sua esposa. Um homem como ele nunca aceitaria uma mulher se recusando a servi-lo. Por conta das ações daquele assassino, a Missy precisou crescer sozinha, sem a presença de nenhum dos pais. Eu agradeço todos os dias que ela seja uma mulher forte que conseguiu ser feliz, amada e conquistar a família perfeita. Mesmo que ela não consiga me enxergar ou saiba o quanto estou orgulhosa, eu vou acompanhar todos os momentos importantes da vida dela, eu juro.

Quando Connie deitou a cabeça em meu ombro, eu senti como se estivesse com a minha mais uma vez. Encontramos conforto um no outro, mesmo conhecendo um ao outro tão pouco. Perguntei se ela me deixaria abraçá-la e recebi uma resposta positiva, podendo assim dar o abraço que a mulher tanto precisava.

— Não sei se minha opinião vale muita coisa, mas você é uma das pessoas mais corajosas que eu já conheci — eu fui sincero em minhas palavras, cada uma delas. Connie me retribuiu com um sorrisinho, secando as lágrimas com as palmas das mãos.

— A sua opinião conta muito, garoto.

Foi a minha vez de abrir um sorriso.

— Acende outro cigarro, vou fumar contigo.

— Claro que não. Você é menor de idade.

— Eu estou morto, Connie!

— E você realmente acredita que isso vai mudar a minha opinião, Hargrove? Você continua sendo uma criança — ela tinha razão, eu continuaria sendo um adolescente por toda a eternidade, independente qual caminho escolhesse na hora de seguir para o Além.

Eu decidi naquele momento que, assim como Connie, eu permaneceria por décadas na terra para que pudesse estar sempre ao lado de Miles. Iríamos fazer todos os planos criados nos últimos dias, e eu seria o melhor Gasparzinho já visto na história. Viver a minha vida no mundo espiritual seria o meu grito de guerra contra o meu assassino, ele não tinha direito de decidir o meu futuro.

Horas mais tarde, precisei me despedir da minha conselheira e seguir o trajeto de volta para casa. No caminho, reparei que estava bem na frente da casa de Grace Buckley, já que eu conseguia ter um vislumbre da garota pela janela de seu quarto. Ela olhava para a rua com uma expressão vazia em seu rosto, como se já não encontrasse motivos para sair de casa. Os cabelos dourados agora sem vitalidade, o olhar consumido por profundas olheiras, um semblante de exaustão apesar dos dias trancada em seu quarto. Grace não era mais a garota sorridente.

A mão pálida da garota foi de encontro ao vidro, como se, de alguma forma, ela se sentisse mais próxima do mundo exterior. Eu tinha completa certeza de que Grace não estava me enxergando, apesar de seu olhar vidrado na mi-

nha direção. Se eu pudesse gritar, estaria implorando para que a garota saísse de casa e encontrasse um motivo para sorrir novamente. Da mesma maneira em que eu não era o mesmo Colin de antes do acidente, Grace também não era mais aquela menina.

Diferente de sua dona, a casa dos Buckley continuava igual à noite da minha última festa e isso despertou memórias que eu acreditava terem sido enterradas comigo.

Capítulo 10

Festas, intrigas e garotos mortos - parte 1.

Miles e eu decidimos ir para a festa de Grace com dez minutos de antecedência, após um dia cansativo de piqueniques e fogos de artifícios com as nossas famílias. Mesmo a minha presença no grande evento do verão sendo uma promessa para a Buckley, me encontrei questionando se iria sair de casa por diversas vezes. A minha cama estava super confortável, mas quando Miles apareceu de bicicleta em frente de casa, eu sabia que não tinha escolha a não ser me arrumar o mais rápido possível e seguir para fora de casa.

"Não prometo voltar no horário", essas foram as minhas últimas palavras aos meus pais antes de sair de casa. Eu estava ciente de que não conseguiria obedecer a ordem de voltar até as uma da manhã, todavia, nunca havia passado pela minha mente de que eu jamais conseguiria retornar ao meu lar. Eu nunca tive a chance de me despedir apropriadamente da minha família, apenas de realizar uma promessa que seria quebrada pela eternidade. Que mundo cruel.

Como as duas crianças que somos, Miles e eu descíamos a rua em alta velocidade com nossas bicicletas, em uma competição interna de quem chegaria na festa primeiro. Na maior parte do percurso em linha reta, estávamos empatando, apelando para tentativas falhas de empurrar um ao outro de cima da bicicleta. Eu gargalhei alto quando Miles começou a se estressar, bradando palavrões que irritaram as minhas vizinhas mais velhas e reclusas, que gritavam de suas janelas para fazermos silêncio. Mas aquele era o verão, éramos idiotas e invencíveis, nada no mundo poderia impedir que nos divertíssemos.

A festa de Grace era a prova perfeita de como não havia regras no verão, com música alta, jovens alcoolizados e uma iluminação tão intensa que chamava a atenção de todo o bairro. Nós tivemos sorte que grande parte dos vizinhos haviam ido para o parque da cidade, assistir a grande apresentação de fogos de artifícios ao lado de suas famílias. Eles não estavam na rua para nos verem sendo puxados por nossos amigos para dentro da casa, cantarolando em uníssono as melhores músicas que os anos noventa poderiam oferecer para os jovens.

Assim chegamos na cozinha, pouco espantados pela quantidade exagerada de garrafas de bebida em cima dos balcões. Se me perguntassem hoje em dia, eu respondo em alto e bom tom que não concordo com o consumo de álcool por menores de idade. Mas naquela noite, eu estava sendo hipócrita, enchendo a cara com os meus amigos mais próximos e jogando brincadeiras que, se meus pais descobrissem, me proporcionariam um belo castigo.

Não entendo como horas depois acabamos na sala de estar, batendo um papo surpreendentemente intimista com alguns membros do clube de teatro. Com a bebida tendo efeitos dos quais eu não me orgulho, agia como o psicólogo daquele grupo, dando conselhos que poderiam destruir relacionamentos. Miles apenas gargalhava de tudo que eu falava, segurando discretamente uma das minhas mãos. Quando levantou o olhar, praticamente implorou para que eu interrompesse a sessão em grupo e fosse dançar.

Como um pedido de Miles era uma ordem, logo estávamos num dos cantos da sala, cantando e dançando desajeitadamente *"Girls Just Want To Have Fun"* da Cyndi Lauper. Ele apertou suas mãos em meus antebraços, me conduzindo a mexer mais o meu corpo no ritmo da música. Não demorou para que eu abrisse um sorriso e me permitisse envolver pela música, com os nossos olhares focados um no outro. Os meus olhos apenas desviaram de seus olhos quando desceram até a boca de Miles, que continuava cantarolando como se sua vida dependesse disso. Como o meu melhor amigo reagiria se eu o contasse bem ali que queria o beijar? Seria um beijo recíproco? Quanto mais perto o garoto chegava, mais sentia o meu coração acelerar em meu peito. Eu poderia até sentir medo, mas não me sentia nem um pouco confuso.

Eu não estava confuso sobre querer beijar Miles.

Eu tinha certeza do quanto eu queria beijar Miles.

Uma iniciativa teria sido tomada por mim se a nossa atenção e a de todos no recinto não fosse roubada pela

discussão em voz alta entre Grace e Evan Churchill. Um silêncio tão denso que somente poderia ser cortado por um motosserra tomou o ambiente, assim que os gritos do rapaz invadiram o cômodo. A namorada implorava para que o crente bêbado e raivoso fosse para casa, mas ele não aceitou, afirmando que não iria embora até que ela explicasse a razão para estar tão conversando com outro rapaz. Era um ciúmes irracional que foi motivado por bebida e insegurança, Grace não tinha culpa pela falta de interpretação do namorado.

Ninguém queria se meter naquela situação, nem mesmo quando os olhos de Grace se encheram de lágrimas e seu braço fosse segurado pelo rapaz. Era um cenário tão expositivamente cruel que eu precisava agir antes que chamas tomassem todo o ambiente.

— Devemos interferir? — Miles cochichou em meu ouvido.

— Somos amigos dela, não somos? — antes que ele pudesse me acompanhar, eu já estava marchando apressadamente na direção do ponto focal da confusão.

O olhar do casal voltou-se para mim, enquanto eu erguia os braços para que Evan acreditasse que estava me aproximando em uma missão de paz. Ele me encarava com ódio, enquanto Grace apenas conseguia expressar todo o desespero por ajuda. O olhar da garota foi o que me motivou a acertar em cheio o nariz de Evan com o meu punho fechado, ocasionando em seu nariz sangrando como uma maldita cachoeira. Era tarde demais para que eu voltasse atrás, agora seria brigar pela minha vida ou apanhar até o amanhecer.

— Quer brigar, seu filho da puta? Pois tome! — provoquei, antes de acertar Evan em cheio com outro golpe, agora na região do seu estômago. É assim que iniciamos a briga.

Capítulo 11

Desistir? Eu rio na cara da desistência.

De volta para a cena presente, reviver um pedaço daquela noite foi o gatilho necessário para que toda a raiva e angústia mais uma vez percorressem o meu corpo. Como se ainda estivesse em uma briga contra Evan, comecei a chutar a lata de lixo dos Buckley, com uma memória fresca do rosto do crente. O meu instinto dizia que se eu continuasse tomado por aquele ataque de fúria, mais lembranças seriam desbloqueadas e eu finalmente descobriria o que havia me levado até o momento de minha morte.

Demorou um bom tempo até que a angústia fosse diminuindo em meu peito, já que aos poucos eu compreendia que me deixar levar pela violência não traria as respostas que eu tanto buscava. Devia existir algum outro gatilho que poderia me ajudar...

O que aconteceu depois da briga?

Essa pergunta latejava em minha mente enquanto continuava observando a residência da família Buckley, agora sem mais a visão da melancólica Grace em seu quarto. O que exatamente eu queria descobrir? Não foi uma dança com Miles ou uma briga com Evan que me levaram até o meio da rua, no exato instante em que um motorista maluco decidiu atropelar alguém desavisado. Talvez eu procurasse um grande mistério sem resposta para que nunca precisasse pensar em todos os anos e oportunidades perdidas. A raiva era uma cortina de fumaça para que eu não pensasse profundamente, sabe? Usar os punhos para não precisar usar o cérebro, como Evan havia feito durante toda a sua vida medíocre. Eu merecia muito mais.

Sentei ao lado do lixo caído no asfalto, abraçando as minhas próprias pernas e desatando em lágrimas como um "bebê chorão". Eu poderia ter me despedido corretamente dos meus pais, revelado os meus sentimentos para Miles e Grace, talvez beber menos naquela noite, ou, ainda, pedir para que alguém me acompanhasse. Tantas escolhas diferentes poderiam ter mudado o rumo da minha noite. Eu não estava morto por destino, e sim, por burrice. Burro, burro, burro.

O meu futuro já não existia, estava espalhado no asfalto como a cesta de lixo ao meu lado. Nada poderia o ressuscitar, ele estava tão morto e enterrado quanto eu.

Espera... e se existe uma chance de ressuscitar o meu futuro? Subitamente, a melancolia tornou-se esperança. Cheguei à conclusão de que era impossível que não existissem mais opções além de seguir para o Além ou vagar pela eternidade. Se eu encontrasse uma brecha, talvez pudesse retornar para o mundo dos vivos e reconquistar o

controle do meu futuro. Era possível? Eu não sabia, mas estava confiante quanto a minha nova ideia.

Apenas parei de correr quando já estava em frente de casa, nem um pouco cansado por conta do exercício (as vantagens de se estar morto). Eu somente parei por conta do veículo da minha irmã mais velha, Casey, estar sendo estacionado na garagem. Estranhei o seu retorno para Saint Valley tão pouco tempo depois do meu enterro, raramente a garota deixava o campus da universidade mais de uma vez durante o verão. Já o meu pai não parecia estranhar, até ajudava a descarregar a mala pesada, enquanto conversavam sobre o possível paradeiro da mamãe.

Dick parecia estar sobrando na conversa, abraçando forte a cintura de nossa irmã e oferecendo seu quarto para que ela dormisse durante as férias. Segundo o pequeno, o quarto da mais velha já havia sido transformado no escritório do papai e ela era proibida de dormir em cima de uma mesa. Fofinho.

— Tem certeza de que a mamãe está bem? Não consigo a imaginar decidindo magicamente se transformar em uma cristã fervorosa, pai. É um sinal preocupante — Casey questionou no caminho para a porta de entrada, sem receber uma resposta imediata de nosso pai. Talvez ele fosse ignorante ao ponto de achar normal que a mamãe passasse mais de dez em um banco da igreja, rezando para que o filho morto ressuscitasse como Jesus. Ok, talvez eu tenha sido um tanto blasfemo nessa última frase, peço perdão. — Olá? Você pode responder a sua própria filha?

— Ela não está bem, Casey — *eis o plot twist, ele realmente respondeu.* — Mas sua mãe encontra conforto naquele lugar e nos conselhos do Pastor Churchill. Você não deveria enxergar isso como algo ruim, entende? Talvez a fé realmente salve as pessoas.

— Se você realmente acredita que isso seja verdade, talvez devesse a acompanhar na missa vez ou outra. Você não pode deixar que a mamãe enfrente tudo isso por conta própria.

— Ela precisa de um momento *sozinha.*

— Ela precisa de *você.*

Maverick não concorda, mas também não discorda.

— Você veio para ficar quanto tempo? — nosso pai tentava trocar de assunto, já ciente de que não venceria Casey em uma possível discussão sobre certo e errado. Ela também não fez questão de continuar e focou sua atenção em abraçar o menino carente que continuava agarrado em sua cintura.

— Vou ficar pelo tempo em que precisarem de mim.

Era bom ter Casey de volta para cuidar dos nossos pais durante algum tempo, e o melhor, ela se recusou a ficar no meu quarto e decidiu por dormir na sala. A minha privacidade continuaria intacta mesmo depois da morte, era o que importava para mim. Não, espera, o importante era retornar do mundo dos mortos. Era hora de parar de ser bisbilhoteiro e continuar a minha missão.

Com isso em mente, realizei o trajeto de sempre até o interior da casa da árvore. Para a minha sorte, Miles já estava presente, jogado sobre um dos pufes azulados e

assistindo um dos maiores sucessos de *George A. Romero*. Assobiei para chamar a sua atenção e caminhei na direção do grande quadro negro, colocando-me a usar giz branco para escrever uma única palavra.

— Eu conheço esse olhar de maluco — afirmou Miles, pausando o filme na cena em que os mortos-vivos estavam prestes a invadir o abrigo. Caminhou na minha direção e questionou: — Diga, grande Colin Hargrove, no que está pensando?

Miles não demorou para descobrir qual seria o plano maluco da vez, bastou chegar próximo o suficiente para identificar que o meu garrancho significava nada menos do que *"Ressureição"*.

— Eu e você vamos encontrar um jeito de me trazer de volta para o mundo dos vivos — se estivesse chovendo, provavelmente um trovão teria soado ao fundo da revelação chocante. Seria épico.

Ele suspirou fundo, cheio de descrença.

— Querido amigo morto, o que eu posso dizer para você entender que essa é uma péssima ideia?

— Tentar e falhar sempre serão opções.

Um sorriso formou-se nos lábios de Sutherland, convencido de que um plano de ressuscitação seria um dos acontecimentos menos estranhos daquele verão. Aleatoriamente, Miles retirou um par de óculos escuros do bolso e os colocou no rosto. Maneiro, se você ignorar a sensação de vergonha alheia.

—Como vamos te trazer de volta para esse inferno?

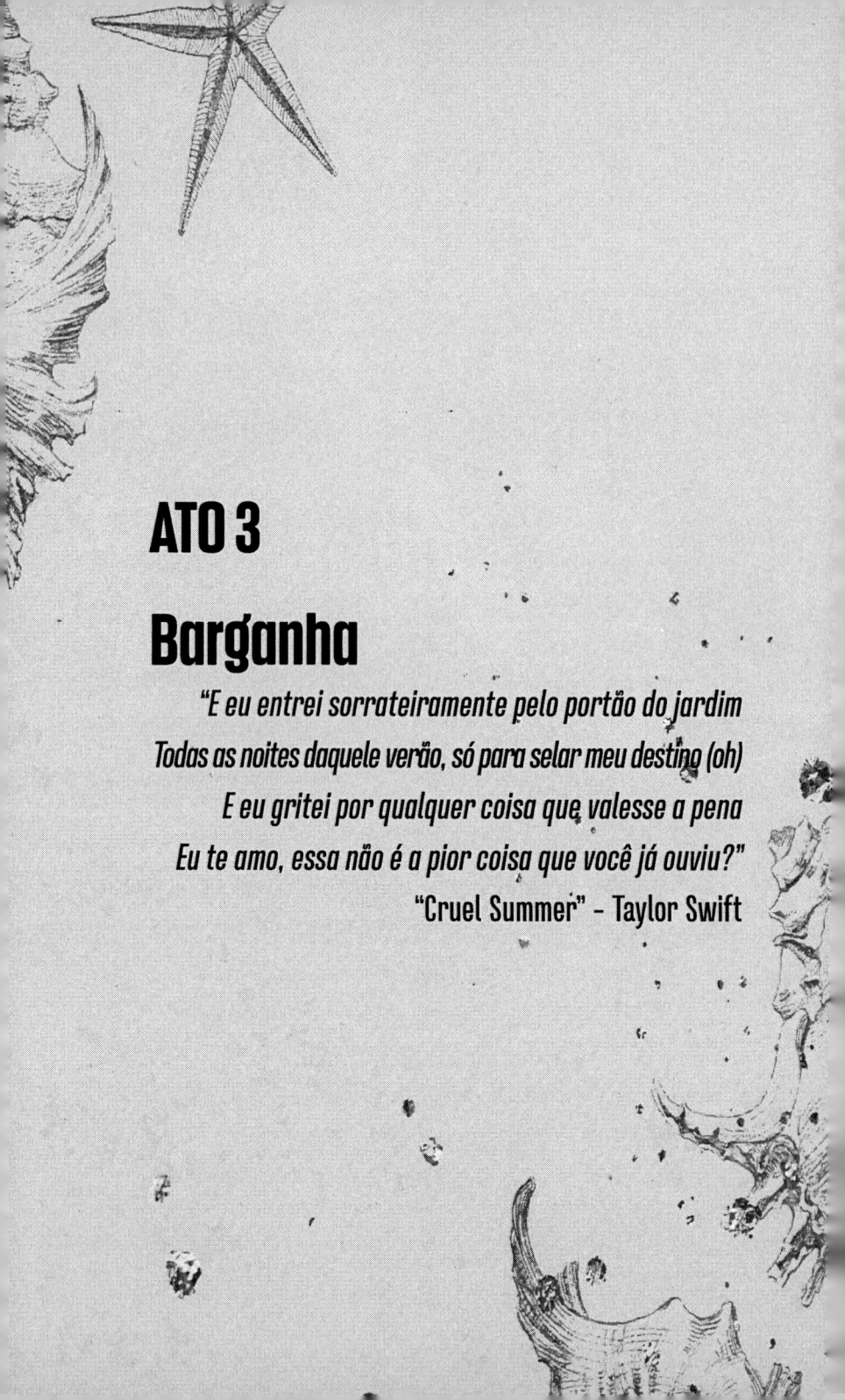

ATO 3

Barganha

"E eu entrei sorrateiramente pelo portão do jardim
Todas as noites daquele verão, só para selar meu destino (oh)
E eu gritei por qualquer coisa que valesse a pena
Eu te amo, essa não é a pior coisa que você já ouviu?"

"Cruel Summer" – Taylor Swift

Capítulo 12

Tutorial de como ser o melhor irmão morto.

Os dias que se seguiram após o retorno de Casey passaram voando, já que Miles e eu estávamos imersos em uma série de pesquisas sobre o mundo sobrenatural. Como não tínhamos tempo para perder com livros na sessão espiritual da biblioteca, Miles usava de seus intervalos no estágio da biblioteca para acessar a área dos computadores e pesquisar pelos sites mais confiáveis sobre o assunto. Estávamos confiantes de que o mundo online poderia trazer a solução necessária para me trazer de volta ao mundo dos vivos, era apenas questão de tempo.

A fusão de internet lenta com uma péssima digitação de Miles causava atrasos em nossa missão, e como eu havia feito uma promessa de que retornaria para casa apenas quando encontrássemos a solução tão necessária, forçando-me a uma estadia prolongada na biblioteca do colégio (seria divertido se Miles não precisasse voltar para a casa ao anoitecer e eu acabasse sozinho com a escuridão). Todavia, ao chegar do 31 de julho, último dia do mês, as doces palavras de Louisa May Alcott ou as cenas exageradamente descritivas de King já não me traziam mais a sensação de novidade e sentia que estava prestes a ter um surto psicológico. Não encontrei outra solução a não ser nadar para longe daquele mar literário e voltar correndo para a casa dos Hargrove.

Era um fim de tarde como qualquer outro, mas a casa estava mais vazia do que nunca. A mamãe ainda insistia em passar boa parte de seu tempo na igreja, enquanto meu pai acreditava que o trabalho o manteria para sempre distante da realidade de seu próprio lar.

"Como podem ver, agora estamos passando por uma bela cozinha em conceito aberto com a sala de estar e jantar. É o espaço perfeito para jantares em família, reuniões com amigos, ou para não pensar no filho morto!", era assim que eu imaginava Maverick Hargrove apresentando uma casa nova aos possíveis compradores, antes de desatar em um rio de lágrimas. Na realidade, ele era um excelente corretor de imóveis, não se permitiria abalar tão facilmente com seus próprios sentimentos.

Os únicos moradores oficiais de nossa casa durante aqueles últimos dias foram Dick e Casey, os meus irmãos. A mais velha ignorava as ligações de suas amigas para que voltasse para o campus e aproveitasse o restante do verão, mas ela negava, toda santa vez. O fardo de ser a irmã responsável e que unia a família era o que não a permitia fugir dos problemas da casa, nem mesmo quando revelou que estudaria Artes Plásticas em outro estado. Ela esta-

va sempre presente para tomar conta de todos, mesmo quando estávamos perfeitamente bem.

Casey revelou durante um jantar de Ação de Graças que não éramos mais as únicas pessoas que ela precisava proteger, pois estava namorando uma linda garota de cabelos volumosos e encaracolados chamada Marina, que todos até então acreditavam ser apenas uma amiga da faculdade. Como boas estudantes de jornalismo, elas ficaram conversando sobre o atual estado político do país, alheias de que nossos pais ainda estavam em choque com a notícia. Assim como a avó de Miles precisou de um tempo para assimilar a sexualidade do neto, eles também precisavam. De qualquer maneira, eles também se apaixonaram por Marina e a adotaram na família quase como uma filha, apesar do receio de como o mundo externo poderia reagir diante da relação das meninas. Espero que o tempo possa trazer conforto para o coração de ambos, que um dia não precisem se preocupar tanto se a filha está livre para amar.

Os meus irmãos agora brincavam embaixo dessa mesma mesa de jantar, após Casey ter encurralado Dickson no pega-pega e o arrastado para debaixo do móvel para uma sessão de cócegas. Ele não ria tanto assim desde que eu havia morrido, então senti certo ciúme, como se o meu irmãozinho já tivesse se esquecido de mim. Pensei em correr para o quarto e permanecer trancado, mas aquela cena era tão fofa que não resisti a me sentar próximo de ambos e fingir, por uma fração de momento, que ainda estou vivo para interagir com ambos.

— Você sente falta do Colin? — Casey parou subitamente com as cócegas e questionou o pequeno, aproveitando que a atenção dele estava toda voltada para si. Ela me fez entender que Dick não havia me esquecido, mas que buscava em Casey uma forma de suprir as saudades que sentia de nossa relação. Ele me amava tanto que não conseguia evitar de se sentir sozinho, mesmo sendo tão pequeno.

O pequeno demorou para assimilar a pergunta, e quando enfim conseguiu, os seus olhos ficaram marejados. Dickson não era uma criança muito falante, por isso, apenas assentia ou negava com movimentos de cabeça, não conseguia expressar por palavras o que estava pensando ou sentindo. Era preocupante, mas os meus pais acreditavam que Dick era apenas introvertido. Naquela tarde, com Casey, ele novamente assentiu com um movimento de cabeça.

— Ele não vai voltar pra casa... — não mais suportando a dor da solidão, o pequeno choramingou nos braços da mais velha. Ela o apertava enquanto Dick começava a chorar alto, finalmente confortável para desabafar o que estava sentindo e demonstrando que ele não estava alheio às mudanças que estavam acontecendo em sua vida. — O Colin nunca mais vai voltar.

— Infelizmente não, Dick — Casey era honesta, direta, mesmo que seu tom de voz expressasse ternura. Ela não queria que Dick baseasse sua vida na possibilidade de que eu poderia magicamente voltar à vida, mesmo que, no Além, eu estivesse lutando para que isso realmente acontecesse. — Algo assim vai ser muito difícil de superar, eu sei disso. Mas saiba que eu estou aqui por você, carinha.

Papai e mamãe também vão estar do seu lado, mesmo que eles agora pareçam distantes. Eu vou trazer eles de volta para casa, eu prometo.

Dick assentiu, acreditando nas palavras da irmã.

— Você pode ser o meu *novo* Colin, se quiser.

— Ninguém vai conseguir tomar o lugar de Colin Hargrove em seu coração, aquele babaca era único — Casey abriu um sorriso triste, deslizando os dedos nas bochechas do nosso irmão para o ajudar a secar as lágrimas. — Mas eu posso ser sua nova parceira de brincadeiras até o fim do verão, o que acha disso?

— Eu acho incrível!

— Olha só, eu também acho incrível.

A repetição da frase foi algo bobo, mas que arrancou risadas sinceras de Dick que, por alguns segundos, esqueceu a tristeza. Ele até concordou em seguir a mais velha até a cozinha, depois que ela disse que o ensinaria a fazer biscoitos natalinos (em pleno verão). A verdade era que Casey quem realizava praticamente todas as tarefas, simplesmente incentivando o pequeno a continuar desabafando o que estivesse sendo cogitado por sua mente. Ele falava sobre como sentia saudade da escola durante o verão, sobre como compartilhávamos um desejo conjunto de um dia conhecer a praia, e como sentia falta da presença da mamãe na casa. Casey escutava cada frase com muita atenção, incentivando o garoto a continuar falando por horas a fio.

O meu pai chegou do trabalho mais cedo do que o horário de costume, bem a tempo de chegar na cozinha e roubar um dos biscoitos natalinos enquanto ainda estavam esfriando. Esse retorno repentino deixou Casey surpresa, mas contente, principalmente quando ele questionou como estava a namorada dela, sem receio de tocar no assunto. A conversa fazia a minha irmã abrir um sorriso de orelha a orelha.

— Conversei com ela hoje pela manhã — Casey estava do outro lado do balcão da cozinha, mastigando um biscoito em formato de casa. Ela também entregou um biscoito em formato de presente para nosso irmão. — Está com saudades de mim, mas concorda que eu estou certa em ficar aqui durante o restante do verão. Não que eu me importe em perder festas no campus, contudo estaria mentindo se não dissesse que estou pensando muito na Mar.

— E se você adiantasse o seu retorno? — indagou nosso pai, antes de pegar mais um biscoito e levar até a boca. — Você não precisa continuar se torturando aqui nesse fim de mundo chamado Saint Valley, enquanto sua namorada precisa de você.

— Não adianta tentar me expulsar, pai. Vocês serão a minha prioridade durante um tempinho, não é como se eu estivesse desistindo da minha vida em Boston.

Maverick Hargrove abriu um sorriso dos grandes.

— Você tem nos dado muita força por aqui.

— Gostaria que a mamãe pensasse o mesmo — Casey desviou o olhar para o irmão mais novo, que implorava por mais doces. Ela cedeu aos pedidos do pequeno e voltou a atenção para o nosso pai. — Dick está com saudades dela. Eu também.

— *Aham* — concordou Dick, mastigando.

— Filha, a igreja é o lugar em que sua mãe está se sentindo mais confortável para expressar a dor de perder o Colin. Acho que devemos dar espaço para que sua mãe receba conselhos do Pastor Churchill, ainda mais agora que o xerife nos disse que não há atualizações sobre o caso do Colin ou o paradeiro do assassino.

Casey parou de comer, assumindo uma expressão séria.

— Religião é algo bom, mas não pode se tornar o único alicerce que está mantendo a mamãe de pé. Precisamos fazê-la entender que nós três estaremos ao lado dela quando as coisas ficarem difíceis e ela sentir que vai desabar, entende? Além do mais, você conhece o Frank Churchill, pai! Ele é o tipo de homem que vai se aproveitar das dores de outros para encher o próprio bolso e conseguir comprar um videogame novo para o filho dele. Uma esposa morta não é um passe livre para que ele seja um filho da puta com outras pessoas... — o palavreado pronunciado de Casey fez com que meu pai e Dickson arregalassem os olhos, chocados. — Perdão, meninos, foi uma escolha agressiva de palavras.

Ela esperava repreensão, mas recebeu gargalhadas altas do nosso pai, que mal conseguia se manter no próprio assento. No fundo, Maverick concordava com o pensamento da filha.

— Você não está errada, vamos ser o alicerce da sua mãe. O que acha de eu pedir uma pizza enquanto você vai resgatar ela?

— Agora você falou a minha língua.

Equipada de um sorrisinho confiante e uma bolsa brega, Casey deu um beijo na bochecha de ambos antes de seguir o seu caminho para fora da casa. Apressei os passos para a acompanhar pelas ruas da cidade, virando por diversas quadras até estarmos chegarmos na igreja mais movimentada de toda Saint Valley. Era o nosso momento de bater de frente com alguns crentes.

Capítulo 13

Toc toc nas portas do céu.

A igreja parecia estranhamente escura naquele fim de tarde, com pouca iluminação em seu interior e com todas as portas de saída trancadas. Não era comum também que o local estivesse tão vazio, já que eram dezenas de fileiras sem uma única alma viva, apenas uma mulher reconhecível na primeira fileira, em silêncio. Esse foi o momento em que Casey respirou fundo e se aproximou com cuidado, preparando-se para qualquer tipo de conversa que viesse a acontecer.

Estar ali era estranho, a nossa família nunca foi exatamente religiosa, porém não éramos tão distantes da comunidade cristã da cidade. Isso se dava por conta de que, mesmo sendo um babaca manipulador, o pastor Churchill nunca tratou a minha família com conversas rudes ou comentários desconfortáveis, era quase como um amigo dos meus pais. Eles se aproximaram muito depois que a Sra. Churchill partiu dessa para uma melhor, mas se afastaram anos depois, quando segui esse mesmo caminho. Sendo honesto, eu nunca gostei do pastor ou do seu filho, quase como se um sentimento bem lá no fundo me implorasse para manter distância.

Tal filha, tal mãe.

Casey ajoelhou ao lado de nossa mãe, copiando a mesma posição de reza que a mais velha. Sentei próximo a elas, pensando como, mesmo Casey sendo uma pessoa afastada de qualquer religião, ainda conseguia respeitar as crenças de outras pessoas. Me senti orgulhoso de como ela permaneceu ali por minutos, apenas fazendo a companhia que minha mãe tanto precisava naquele momento. Ela não se levantaria, não faria piadas, nem comentários ácidos, sua intenção era que a mais velha sentisse que a filha estava presente.

Mamãe limpou rapidinho a poeira impregnada e sua calça antes de pedir para que Casey sentasse ao seu lado no banco, em seguida dando dois tapinhas no espaço vago. A jovem manteve o silêncio durante mais alguns segundos, com o olhar fixo na imagem de Jesus Cristo e a mente voava distante. Para onde ela estava indo naquele momento? Esse era o grande mistério.

— Eu entendo que você vem aqui para rezar pela alma do Colin todos os dias, mas Dickson sente a sua falta — Casey não começou tão sutilmente quanto o esperado, apesar de seu olhar transmitir empatia pela mais velha. —*Nós* sentimos a sua falta.

Mamãe negou com a cabeça, mirando seu olhar para o palco e soltando seus cabelos castanhos sobre os om-

bros. Ela não olhava para a filha, já que sua mente parecia voar para longe.

— Casey, eu não consigo.

— Você consegue, mãe. Eu sei que sim.

— Filha, eu preciso... eu *quero* que o Colin volte. Se para isso , eu tiver de passar os próximos anos orando, eu o farei. É isso que me motiva a levantar da cama todos os dias, como se eu tivesse a missão de trazer o meu filho para casa. Talvez Deus reconheça o quanto estou me esforçando e realize o único desejo que eu tenho na minha vida nesse momento... — mamãe não conseguia mais conter as lágrimas, afundando o rosto no ombro de Casey para sentir-se segura para chorar. Eu queria tanto conseguir abraçar a minha mãe naquele instante, revelar que eu estava bem e que encontraria uma forma de convencer a Morte a me dar uma segunda chance para viver. Casey quem confortava a nossa mãe, beijando o topo de sua cabeça e prometendo que tudo ficaria bem. — Eu não posso desistir do meu filho.

Elas se abraçaram forte, encontrando um porto seguro nos braços de quem tanto amavam.

— Mãe, esperança nunca é demais. Eu juro que se você me dissesse que unicórnios são reais, eu colocaria na mesa um milhão de teorias e fatos sobre a existência desses bichos — o papo sobre criaturas místicas arrancou uma risadinha da minha mãe, que ainda não conseguia conter as lágrimas. — Mas eu não vou permitir que você passe o resto da sua vida afastada de todos pela crença de que isso pode trazer Colin de volta. Eu não vou perder você também.

— Um pouquinho de fé no impossível não é ruim.

— Claro que não é — Casey abriu um sorrisinho triste e segurou as mãos de nossa mãe entre as suas. — O Pastor Churchill é um homem que se aproveita da vulnerabilidade das pessoas para se aproveitar delas, eu não vou permitir que ele use a sua esperança contra você, mãe. Eu vou te acompanhar para todos os cultos que tiverem até o fim do verão e rezar por Colin ao seu lado, mas eu preciso que você volte para casa. Se você me der uma chance, eu prometo que essa dor vai diminuir. Eu te prometo, mãe!

Ao fim da conversa , ambas as mulheres se encontravam em prantos, com olhos fixos no rosto uma da outra. A minha mãe assentiu, indicando que seguiria os conselhos de Casey e que voltaria para nossa casa. A minha irmã conseguiu, pessoal! Quer dizer, ela estava conseguindo reunir a família novamente.

Elas continuaram unidas uma à outra no caminho até a porta de saída, com Casey guiando o caminho a passos curtos, para que a minha mãe se sentisse confortável em prosseguir. Se ela fosse um pouco mais veloz, talvez não estivesse no local quando três figuras masculinas saíram da capela. Os homens pareciam surpresos com a presença das mulheres, até que o Pastor Churchill tomou a frente com um sorriso largo e apertou a mão de minha mãe. Seu filho, Evan, não saiu do lugar; diferente do homem calvo que trajava um terno, que se apressou para cumprimentar Casey.

— Por qual razão está indo embora tão cedo, Martha? Nós nem tivemos oportunidade de conversar hoje — o Pastor não soltou as mãos da minha mãe, deixando-me bem incomodado.

— Noite da pizza — Casey respondeu por nossa mãe em tom curto e direto para logo cortar a tentativa de papo.

— Ah, claro! — o pai do crente finalmente se afastou da minha mãe, apenas para cumprimentar a minha irmã. Casey estendeu a mão direita, apesar do desconforto.

— A sua mãe bem que havia comentado de seu retorno, não imaginava que fosse retornar para a cidade tão prematuramente depois do enterro. Permita-me expressar os meus pêsames por sua perda, Casey, imagino o quão pesado deve estar o seu coração nesse momento. Espero que encontre conforto aqui na Casa do Senhor.

— Aconselho que você venha ao menos duas vezes por semana, garanto que as palavras de Frank são sempre restauradoras — o homem de terno decidiu que era o seu momento de falar.

— Um conselho vindo de quem?

— O Dimitri é advogado, filha — logo depois, a minha mãe comentou sobre como o tal Sr. Hawthorne era um membro convicto da igreja e um dos melhores amigos do Pastor. Casey e eu torcemos o nariz ao mesmo tempo, aquela história não cheirava bem. Tenho certeza que Churchill apenas mantinha o calvo próximo para o caso de que houvesse um escândalo de desvio de doações da comunidade cristã de Saint Valley. Enfim, minha mãe voltou sua atenção para o tal advogado e continuou: — É um prazer ver você por aqui.

Dimitri abriu um sorriso forçado e amarelo.

— Digo o mesmo, Sra. Hargrove — ele retribuiu. — Tinha meus planos de aparecer no enterro do Colin para prestar as devidas condolências à senhora e sua família, mas por imprevistos de agenda, não consegui aparecer.

O advogado obviamente estava mentindo.

— Mentira. — Casey disse na lata, sem pensar duas vezes.

— Onde está o respeito, menina?

— Não tenho culpa se você está mentindo.

— Você não devia discutir com ela — Evan abriu a boca pela primeira vez para repreender o amigo de seu pai, antes que ele tivesse a oportunidade de rebater a resposta da jovem. O seu tom de voz revelava que ele estava exausto, triste, cansado de toda aquela conversa somente por educação. — Você devia se lembrar que ela e Colin *eram* irmãos, Sr. Hawthorne. Não é um momento fácil.

— Nós continuamos sendo irmãos! Ele estar morto não pode mudar isso — Casey parecia se sentir sufocada no meio daquela situação, como se precisasse estar se defendendo até encontrar uma maneira de escapar. Eu notei, nossa mãe também notou.

Evan deu uma risadinha irônica e rebateu:

— Foi uma escolha ruim de palavras.

— Notou que você nunca escolhe as palavras certas? — ela não abaixaria a cabeça para um garoto como Evan,

não era de seu feitio. — Desejo aos três um belo começo de noite. Chegou a nossa hora de voltar para casa, mãe.

Evan e Sr. Hawthorne concordaram.

Antes que as mulheres pudessem prosseguir na direção da saída, Frank Churchill novamente assumiu a linha de frente daquela conversa e segurou no ombro de minha mãe. Ele queria dizer algo que estava entalado em sua garganta, mas o que poderia ser?

— Eu sinto muito pelo que meu filho fez, Martha — os olhos do pastor revelavam muito mais do que suas palavras estavam querendo insinuar, um tanto quanto suspeito. — Evan é apenas um menino.

Minha mãe parecia discordar da afirmação.

— Talvez seja a hora do seu menino crescer — ela retribuiu o toque do ombro, como forma de despedida. — Alguns meninos não tem essa chance, Frank.

Sem mais delongas, Casey e minha mãe seguiram seu caminho para casa, rumo a noite da pizza. Até os homens mais velhos tinham assuntos importantes para resolver; mas eu e Evan não nos movemos daquele corredor. Eu sentia bem lá no fundo que o meu rival guardava um segredo, que somente foi revelado quando os olhos dele foram de encontro aos meus. *Culpa*. Eu até podia não ser considerado um gênio, mas bastou juntar algumas peças daquele quebra-cabeça para que a verdade fosse revelada. Era tão óbvio!

— Você me matou, seu filho da puta?

Capítulo 14

Teorias, teorias, teorias. Um monte delas.

— Essa é uma teoria maluca — concluiu Miles durante a sua caminhada ansiosa pelo Palácio Hargrove, enquanto refletia sobre a possibilidade de Evan Churchill ser o meu assassino misterioso.

Era o dia seguinte aos eventos da igreja, primeiro dia do mês de agosto, quando Miles decidiu vir à minha procura e revelar que conseguiu atualizações sobre a nossa missão. Contudo, primeiro, eu precisava saber sua visão sobre aquela minha conclusão doida que um dos nossos rivais decidiu acabar com a minha vida, literalmente. Torci para que Miles zombasse do meu pensamento, alegando que não havia possibilidade de que um garoto que conhecíamos desde o jardim de infância era culpado de assassinato.

Ele estava pensando demais na possibilidade.

— Teoria maluca, mas que faz sentido.

— Além disso, temos provas concretas de que o Evan possui diversos problemas de controle de raiva — Miles parecia realmente considerar a possibilidade de que eu estava certo, que merda. — Ele saiu mais cedo do que você da festa, estava irritado por você ter destruído a relação dele com Grace, e ainda, tinha um veículo a disposição para passar por cima de você. Oportunidade, motivação e arma.

— Você está concordando comigo, Miles?

— Analisando possibilidades, meu amigo.

Ele refletiu mais um pouco, então acrescentou:

— Você ficou na festa por mais cinquenta minutos depois que ele decidiu ir embora, eu acho. Ele poderia ter esperado que você estivesse sozinho para fazer o acerto de contas.

— O que eu fiquei fazendo na festa por tanto tempo? — era impossível que um espírito sentisse dor, todavia, quanto mais me colocava a pensar nessa história, sentia a cabeça latejar.

— Eu precisei cuidar dos seus arranhões e do olho roxo... assim que eu terminei, ofereci te acompanhar para casa, mas a Grace apareceu pedindo por nossa ajuda. Não me senti confortável em deixar a garota alcoolizada e sozinha, mesmo se tivesse trancado a porta do quarto dela — Miles ainda carregava a culpa do que havia acontecido comigo, mesmo que não quisesse admitir. — Enfim, isso significa que ele teria tempo hábil para planejar o seu homicídio.

— Homicídio é uma palavra bem forte.

— Acidente que não foi, Colin!

Miles tinha razão, era impossível que fosse um acidente pela quantidade de motivações que Evan teria naquela noite.

— Ok. Podemos encontrar provas contra Evan depois que conseguirmos me ressuscitar, pode ser? Eu acho que já estamos com bastante pressão e incluir um mistério de assassinato na equação vai apenas nos distrair da missão principal — ele concordou comigo, apesar de estar lutando contra o desejo de desmascarar Evan por seus atos. Não me leve a mal, assim como vocês, eu também amaria ver Churchill sendo punido pelo meu assassinato. Mas não era o momento. Vocês precisarão ser pacientes. — Sendo assim, meu grande amigo, está pronto para começar a sua palestra?

— Eu nasci pronto — cheio de confiança em sua voz, Miles se levantou do pufe e andou na direção do quadro negro. Escreveu as seguintes palavras com o giz branco: "Operação Tânatos". — Vamos dizer que usei o meu tempo de folga para me aprofundar nos chats online sobre o mundo dos mortos. Conversei com diversos profissionais sobre o assunto e a maioria das dicas era sobre como contatar pessoas no Além, o que não era o que eu procurava. Até que surgiu alguém que me enviou um tutorial completo, um que funciona se estivermos no local correto nas circunstâncias certas.

— Agora você tem a minha atenção.

— Primeiro, vamos invadir o cemitério — era estranho, mas já havíamos feito coisas piores. Enfim, Miles fazia desenhos no quadro negro para explicar visualmente o passo a passo daquele ritual. — Precisaremos também acender a soma de velas do dia e data da sua morte, serão no total doze velas, somando cinco com sete. Com todas elas distribuídas sobre a sua cova, recitamos uma série de palavras em latim até que haja a fusão de sua alma e corpo. Deve levar por volta de quinze minutos, se eu não errar nenhum verso. Eu admito que desconfiei de todo o processo quando li a mensagem, mas o garoto jurou de pé junto que isso trouxe a prima Clotilde de volta dos mortos. Se está na internet, provavelmente é verdade.

Ele estava certo. Quais eram as chances de que alguém usasse de seu tempo para zombar de outra pessoa em um chat aleatório da internet? Quase nulas!

— Você consegue me explicar rapidinho uma razão para chamarmos a missão de "Operação Tânatos"? — eu estava confuso, já que havíamos pensado em nomes bem melhores anteriormente.

— É só homenagem para o nome do usuário.

— Certo, faz sentido — concordei, com a minha maior dúvida sobre a missão sendo sanada. — Eu achei um plano bem arriscado, mas que parece valer a pena a tentativa. Mas precisamos de uma terceira opinião antes de tentar loucuras.

— Terceira opinião? Ninguém consegue enxergar você.

Apenas uma senhora no fim da rua, pensei.

"Ideia de Jerico" é uma expressão usada diretamente aos burros e as mulas, ou seja, você pode utilizar essas três palavras quando alguém estiver falando asneiras para cima de você. Não era a conclusão que eu estava esperando quando fomos na bicicleta de Miles até a casa assombrada pela maconheira e decidimos contar passo a passo de como seria realizado o ritual.

— É uma ideia de Jerico! — Connie zombou, soltando uma gargalhada sincera que Miles não poderia escutar. Ele apenas conseguia interagir comigo por conta de nossa conexão, por isso, eu fazia questão de repassar os comentários de forma positiva para o garoto. — Escutei durante anos que duas cabeças pensam melhor do que uma, mas, hoje, vocês estão me provando o contrário. Se formos colocar em medidas, dizer que os dois somados tem meio cérebro já é considerado como exagero.

— Estou começando a me sentir ofendido.

— Ela está ofendendo a gente? — Miles perguntou.

— Estou sim... — Connie sussurrou, rindo.

— Não, Miles, ela está dizendo que o nosso plano é incrível, mas que precisa ser analisado mais um pouco por uma *expert* — eu não queria começar um telefone sem fio, mas não podia dizer algo que poderia cortar as esperanças de Miles. Eu precisava que ele continuasse acreditando que encontrou a solução.

— Não deveria mentir para o seu namorado...

— Ele não é meu namorado!

— Ela disse que eu sou seu namorado? — Miles pareceu um tanto confuso, mas sorria bobo pelo comentário.

— Não, ela não disse!

Connie me olhou com aquela expressão que a fazia parecer um gato preto, daqueles que analisam e julgam a sua alma. Ela parecia contente de nos ver ali, por isso debochava, queria nos fazer rir de alguma maneira. Como eu disse, com o tempo, eu realmente comecei a considerar a fantasma como uma amiga.

— Esse garoto está apaixonado por você, Colin. Eu acho um desperdício que você continue investindo tempo em planos mirabolantes de voltar a vida ao invés de aproveitar os momentos ao lado desse garoto que você chama de amigo — as palavras de Connie me deixaram vermelho como um pimentão, chamando a atenção de Miles para mim. O sorriso dele ficou maior. — Mas invocar a Morte no meio de um cemitério é uma das ideias mais estúpidas e clichês que escutei nas últimas décadas. Isso não é um filme, Colin, a Morte não vai perder tempo barganhando contigo.

— É uma negociação, Connie. Não custa tentar.

— E o que você tem a oferecer? A vida é a única moeda de troca valiosa no Além, e lamento informar, mas você está falido.

— Eu posso oferecer a minha devoção eterna.

— Ok, deixa eu pensar... — ela pensava em um modo de testar a minha devoção. — Se o homem de preto te pedir para executar o nosso querido Miles, você completaria a missão?

— Não! Claro que não! — respondi, sincero.

— Que devoção de merda — Connie gargalhou. — Colin, eu sou a sua amiga, mas não posso concordar que essa é a melhor saída para você. Deve aceitar que o seu jogo acabou. Você não tem o que barganhar com o ceifeiro, pois já perdeu tudo o que tinha, não existe uma maneira de retornar ao mundo dos vivos. — Ela não pareceu se importar com os meus sentimentos naquele momento, debochando do nosso plano daquela maneira. — Querido, não quero que o seu coração seja partido quando a missão for um fracasso.

— Vai dar certo. Eu vou provar para você.

— Boa sorte — ela suspirou fundo, observando que eu já me levantava para seguir o meu caminho. Era impossível disfarçar o quanto eu me sentia chateado por suas palavras. — A estrada daqui para frente não vai ser mais fácil, mas saiba que não está sozinho, pode vir conversar comigo sempre que achar necessário. Mas, posso dar mais um conselho? O seu amigo também precisa de um momento para assimilar que perdeu você, ele não pode passar o resto da vida em negação.

Antes que Connie pudesse fornecer qualquer outro conselho, caminhei para longe, com Miles ao meu lado. Ele me questionava sobre o que havia sido conversado, qual era a opinião da mais velha..., mas eu não conseguia dizer a verdade. Decidi que o melhor caminho era dizer que Connie concordava com o plano, afirmando que seria a melhor maneira de negociarmos com o ceifeiro e que precisava ser realizado naquela mesma noite. O garoto pareceu bem animado, com aquele sorriso que eu tanto amava estampado em seu rosto.

Éramos nós contra o mundo, mais uma vez.

Capítulo 15

OPERAÇAO TANATOS:
barganha sem limites

O plano era arriscado para Miles que, se fosse descoberto por algum segurança noturno, passaria a noite inteira atrás das grades do xilindró. Quanto a mim, a única injustiça presente naquele momento era não conseguir atravessar paredes ou portões, não fazia sentido que eu precisasse subir para chegar ao outro lado.

Item 13: Espíritos são forçados a escalar portões.

Miles chegou primeiro ao outro lado, pouco após jogar sua mochila pesada do topo das grades. Enquanto ainda a colocava em seu ombro, gargalhou alto quando desabei ao seu lado, atingindo a grama como um meteoro atingiu os dinossauros. Nunca fui tão grato por não sentir dor, senão, seriam necessários alguns bons minutos até que estivesse completamente recuperado da queda.

Em silêncio para não sermos descobertos, caminhamos lado a lado pelo cemitério e seguimos a direção indicada por Miles. Ele deslizou a mochila para a parte frontal de seu corpo, conferindo se todos os objetos necessários para o ritual estavam em seu interior e como não houveram reclamações, acreditei que estava tudo certo.

— Você parece meio nervoso — ele sussurrou na minha direção, deslizando a mochila de volta para as suas costas. — O plano vai funcionar, eu tenho certeza.

Eu ainda não havia contado sobre as dúvidas de Connie sobre a veracidade do nosso ritual, mas optei por manter isso como um segredo até que tudo funcionasse corretamente. Era necessário naquele momento que nos perdêssemos um pouco naquela ilusão e mantivéssemos viva a esperança, nada poderia arrancar o sorriso que surgia em meu rosto toda vez em que eu pensava como Miles seria o primeiro a me abraçar depois que eu voltasse ao estado de carne e osso. Eu precisava daquele abraço mais do que tudo.

— Claro, é só seguirmos o plano certinho — concordei.

É um momento estranho estar frente a frente com seu túmulo, ciente de que seu corpo, aquele que o acompanhou por dezessete anos, agora iniciava processo de decomposição na terra. Eu sentia um estranho calafrio percorrendo meu corpo, mesmo que, em teoria, eu não pudesse sentir nada. Não era um sonho estar olhando a minha própria lápide e lendo as palavras gravadas no mármore, toda aquela cena era dolorosamente real.

Colin Timothéo Hargrove

1977 – 1994

Nos encontraremos do outro lado.

Miles não percebeu o quanto aquelas gravações haviam me deixado hipnotizado, sem conseguir me mover do lugar. Usou esse tempo para estender uma toalha preta sobre a grama, acendendo algumas velas sobre a mesma e distribuindo algumas das minhas edições de HQ´s favoritas sobre o tecido, como maneira de fortalecer a nossa relação. Obedeci ao seu pedido de me deitar sobre a toalha, ironicamente segurando *"Frankenstein"* de Mary Shelley em meus braços (objeto que não era obrigatório no ritual, mas que deixava tudo um pouco mais intenso).

Desviei o olhar para o céu sem estrelas, rezando para que o plano realmente fosse funcionar. Eu precisava tanto estar certo.

— Você está bem? — questionou Miles, agora segurando uma folha amassada em suas mãos, provavelmente o encanto escrito em Latim. — Podemos parar, se você não se sentir confortável.

— É tarde demais para voltar atrás. Por favor.

As palavras recitadas por Miles quebraram a barreira entre a vida e a morte, como se conseguissem abrir um denso véu sobre as nossas cabeças. Esperança crescia em meu peito, e eu torcia para que o poema enviado por Tânatos conseguisse invocar o Ceifeiro para a nossa reunião noturna. Cada verso nos deixava mais próximos de completar a nossa missão, enquanto o universo nunca pareceu tão distante de mim.

Quase tão distante quanto a voz de Miles.

Capítulo 16

Festas, intrigas e garotos mortos - parte 2.

Os gritos odiosos de Evan Churchill pareciam distantes conforme o meu corpo ia de encontro ao chão da festa, encharcado por conta de toda a bebida derrubada durante a noite. A sala tornou-se um ambiente alvoroçado, com os gritos de Grace sendo abafados pelos urros selvagens de todos os presentes, que incentivaram Evan a continuar com os golpes contra o meu belo rosto.

Para não morrer, precisei reagir e desferir uma joelhada certeira contra o estômago do garoto crente. Em seguida, joguei meu corpo sobre o dele e retomei a vantagem no confronto, devolvendo os golpes contra o rosto daquele babaca. Consegui finalmente ouvir os gritos dos festeiros, que agora torciam por mim, como se eu estivesse prestes a ganhar um grande jogo. Eles estavam felizes por assistirem aquele rapaz finalmente sofrendo do merecido karma.

Acaba com ele, Hargrove!

— Você vai morrer, seu otário! — Evan praticamente gritou a ameaça, fazendo-me reagir e acertar precisamente um golpe contra o seu nariz exposto. Sério, foi muito satisfatório. Talvez um dos momentos mais satisfatórios de toda a minha existência.

— Tenta a sorte! — desafiei. — Toma outro! — gritei antes de desferir um segundo soco contra Evan, pouco me importando se isso iria quebrar o seu nariz.

Os espectadores entraram em um estado de delírio coletivo marcado por gritos de animação. Eles realmente torciam por mim.

— Colin, que diabos! — berrou Grace, desesperada pelo cenário de guerra que tomava conta de sua sala de estar. Ela ainda tentou se aproximar para intervir, mas foi impedida por suas amigas, que a afastaram de todo o caos. Todavia, olhar na direção da loira foi comprovado como um erro, já que entregou a Evan os preciosos segundos para que me empurrasse para o lado e voltasse a subir em cima do meu torso. É, ele ia me matar. — Evan, não machuca o Colin! Seu babaca!

Churchill olhou na direção da ex-namorada, surpreso por não ter sido apoiado por ela durante o nosso confronto. Ele não estava apenas irritado, mas também com o coração partido. Estava pronto para descontar toda sua frustração em mim, pronto para desferir o soco que encerraria o meu ciclo de vida.

Miles apareceu como um super-herói para salvar a minha vida, acertando a nuca de Evan com uma garrafa de vinho vazia. Para a surpresa da maioria, diferente dos filmes, a garrafa não se quebrou em centenas de pedaços, mas manteve-se intacta mesmo depois que o crente fosse de encontro ao chão. Soltando a garrafa, Miles ergueu as mãos para cima, sendo ovacionado por todos os presentes. Eles nem se preocuparam em verificar se Evan estava vivo, mas não importava, todo mundo estava feliz.

Miles esticou a mão em minha direção, esperando paciente que eu recuperasse os sentidos e aceitasse a ajuda para levantar. Talvez fosse um indício de concussão, mas naquele segundo, todo o mundo desapareceu ao nosso redor, e Sutherland era a mais bela das criaturas que já haviam pisado na terra. Os olhos gentis, o sorriso confiante, o toque delicado... por isso, quando ele me puxou ao seu encontro, não resisti em encaixar as minhas mãos em seu pescoço e unir os nossos lábios em um beijo.

O mundo escureceu ao nosso redor, éramos apenas nós sendo envolvidos um pelo outro naquele instante. Miles retribuiu o beijo sem pensar muito, deslizando as mãos até a minha cintura e as mantendo firmes por ali, encaixando melhor os nossos corpos. Pouco me importava se eu precisava curvar a coluna para nos beijarmos, eu não estava sentindo dor, eu apenas o sentia. Enquanto o meu coração acelerava e um dos meus maiores desejos se realizava, o universo pareceu tão pequeno diante de nós. Não me importo de soar emocionado, mas aquele foi o melhor momento da minha vida.

Agora com as minhas mãos massageando o rosto de Miles, afastei-me em alguns passos para visualizar melhor a sua expressão. Eu sentia tanto medo de que ele estivesse arrependido..., mas não, os olhos dele brilhavam quando

focados em mim. Eu estava tão perdido naquele menino que nem percebia como todos já haviam parado de assistir a nossa cena para voltar a dançar, ou como Grace seguiu para a cozinha na intenção de beber ou chorar, ou Evan nos encarando com puro ódio antes de correr para fora da casa. Nada disso importava.

— Vamos, eu vou cuidar do seu rosto — dizia Miles, antes de envolver os dedos em meu antebraço e nos guiar na direção das escadas para os andares superiores. Eu ainda estava grogue por conta da briga (e do beijo), por isso, apenas me permitia seguir o garoto. Naquela altura do campeonato, se ele quisesse me levar até para um altar, eu estaria aceitando.

— Tem um kit de emergência no banheiro do meu quarto... — Grace nos chamou a atenção, pouco antes de levar o copo vermelho de vodca na direção dos lábios rosados. Ela estava visivelmente triste por conta de toda a confusão, mas ao invés de receber apoio de suas amigas, elas já haviam a abandonado para conversar com pessoas que estavam em melhor *vibe*. — Ei, Colin! — olhei em sua direção, observando um sorriso fofo surgir em seu rosto iluminado. — Você foi meu herói hoje.

— Somos amigos, eu fiz o mínimo.

— Poucas pessoas fazem o mínimo. Você arrasou.

Apesar do meu rosto dolorido pelos golpes, consegui retribuir aquele sorrisinho fraterno para Grace antes de ser praticamente arrastado escada acima. Andamos na direção de uma porta rosada, e durante todo o percurso no corredor tranquilo, fazia questão de reclamar quanto a dor. Como um bom rei do drama, fiz Miles ter de me carregar até o quarto da loira e não me arrependo nem um pouco.

Ao sentar em cima da cama, senti como se a minha bunda e coxas estivessem sendo beijadas pelo colchão confortável. A minha expressão de relaxamento arrancou boas risadas de Miles, que seguiu na direção do banheiro privativo de Grace e retornou com uma maleta branca em mãos. Por impulso, eu estava pronto para afirmar ao garoto que não era necessário me ajudar com os machucados.

— Nós dois sabemos que se a Sra. Hargrove ver uma gota de sangue manchando esse seu rosto angelical, ela vai terminar de arrancar esse seu couro — ele me cortou e logo sentou ao meu lado, já abrindo a maleta de primeiros socorros. — O seu momento de herói já passou, agora é a minha vez. Confia.

— Você quem foi o herói — rebati. — O Crente acabaria comigo se não fosse você e a garrafada. Sério, foi uma das melhores cenas de toda a minha vida! Eu amei.

Miles preencheu o ambiente com uma gargalhada.

— Você foi o Robin do meu Batman — ele dizia para me distrair do fato que levava um líquido ardido na direção dos pequenos machucados em meu rosto. Ao ver que eu me contorcia de dor, assoprava meu rosto e segurava uma de minhas mãos. — Não seja um bebê chorão, Colin Hargrove.

Dessa vez, eu quem gargalhei alto. Ironicamente.

— Vai se foder.

No instante em que as risadas evaporaram, percebi como o olhar de Miles estava focado em mim. Nós dois entendemos que chegaria o momento em que seria necessário conversar sobre o beijo e impedir que isso pudesse complicar a nossa amizade. Éramos amigos há anos e admitir, mesmo que não fosse por palavras, que havia um sentimento a mais, poderia deixar tudo confuso.

Talvez essa confusão fosse boa, quem sabe.

— Você me beijou — Miles tomou o primeiro passo.

— É, eu te beijei.

— Há quanto tempo você queria me beijar?

— Mais tempo do que eu posso me lembrar — respondi com sinceridade, mordendo a parte interior do lábio. Eu decidi que não mentiria ou omitiria nada para o meu melhor amigo, principalmente sobre o que eu estava sentindo. Ele saberia se eu mentisse. — Às vezes a vontade de te beijar me acertava com força e eu me convencia, sempre, de que seria algo temporário. Eu não entendia bem o que eu estava sentindo... e se eu simplesmente estragasse toda a nossa história? Eu não quero perder você.

— Quer saber o que é mais irônico nisso tudo? — ele perguntou, sentando ainda mais próximo de mim. Assenti. — Eu também me sentia assim, sempre com medo de que esse sentimento não fosse recíproco. Ser apaixonado pelo melhor amigo hetero é o maior clichê existente, e mesmo assim, aqui eu estou, louco para que você me beije de novo — sentia o meu coração acelerando mais uma vez, como se fosse sair pela minha boca. Eu estava tão nervoso, mas ao mesmo tempo tão confortável na companhia. Era tão confuso. — De zero a cem, o quanto você quer me beijar?

Como não era possível expressar o meu desejo em palavras, me permiti selar os nossos lábios pela segunda vez naquela noite, tão intensamente quanto a primeira. Como não podia tocar no meu rosto, Miles deslizou as mãos pelo meu pescoço e cabelo, assim me mantinha cada vez mais perto de si. Apesar de estar com os meus olhos fechados, eu sentia um sorrisinho de Miles surgir entre os beijos, ou seja, ele estava tão feliz quanto eu.

A realidade é que sempre amamos um ao outro, de todas as maneiras existentes na face da terra. Aprofundar tal sentimento era como saltar no meio oceano, misturando uma sensação de liberdade com receio pelo que havia a seguir. Todavia, eu sabia que Miles iria me acompanhar em todas as fases desse processo de descobrimento, segurando a minha mão quando eu estivesse com medo de seguir em frente.

Eu amava você, Miles. De todas as formas existentes.

Sentia esse amor sendo recíproco quando você desfez o nosso beijo e sentou ao meu lado, carinhosamente segurando as minhas mãos e as levando em direção ao seu coração acelerado. O sorriso que eu tanto amava estava estampado no seu rosto, sendo a única fonte de luz naquele quarto semi escuro (se desconsiderarmos as lâmpadas neon nos tons azul e rosa). Claro, você não sabia muito bem o que me dizer – nem eu mesmo sabia quais seriam as palavras certas naquele momento. Por essa razão, ficamos alguns segundos em silêncio, rindo das ex-

pressões engraçadas um do outro. Como eu sempre disse, o silêncio era algo confortável ao seu lado.

— Seria bobo da minha parte se eu dissesse que quero congelar esse momento na minha mente? — Miles quebrou o silêncio, aproximando o rosto do meu para me cobrir de selinhos na boca. — Eu estou com muito medo de isso aqui ser temporário, que amanhã você vai acordar e perceber que talvez tenha sido um erro me beijar. Eu não quero que seja temporário.

— Não precisa ser temporário, eu juro.

— Meu Deus, Colin! — ele exclamou alto, completamente em choque por achar fofo o que eu havia dito. Desabou para trás, puxando um travesseiro para abraçar.

— Se alguém estivesse nos ouvindo agora, acharia que somos bem emocionados. Como isso aconteceu? Estamos ficando loucos?

— Sim! O seu olhar está dizendo que você está maluquinho por mim.

— E os seus olhos estão dizendo outra coisa...

Miles me puxou para trás e praticamente deitou em cima de mim, com as mãos massageando delicadamente o meu rosto. Nós estávamos vivendo um dos momentos mais puros de toda a nossa vida, beijando um ao outro como se não houvesse um amanhã. Bem, estávamos parcialmente certos, realmente não haveria um futuro para um de nós dois. Todavia, beijando Sutherland, todas as coisas pareciam eternas demais para cogitarmos a chegada de um fim prematuro.

Eu amei Miles desde muito antes daquele meu último verão.

Capítulo 17

De mal a pior, como de costume.

As esperanças de que o ritual poderia me trazer de volta a vida morreram naquela noite, no exato instante em que despertei, tomado por lágrimas pela lembrança de como vim a falecer no dia cinco de julho. Ter todas as respostas agora era doloroso, pois agora eu enxergava toda a verdade. Não somente sobre como as minhas escolhas me levaram ao momento do atropelamento, mas também como era impossível que as coisas voltassem a ser como antes.

Não existiriam segundas chances para beijar Miles. Sem segundas chances para abraçar toda a minha família. Sem segundas chances para colocar o meu assassino na cadeira. Sem segundas chances para ser feliz.

Miles largou tudo quando notou o meu estado de desespero e ajoelhou em minha frente, aflito por não conseguir segurar as minhas mãos em meio aquela crise. Ele nunca mais poderia me tocar de novo, mais uma injustiça para anotar naquela maldita *"lista post mortem"*.

Item 14: Você nunca será tocado ou abraçado de novo.

— Você mentiu! Você não me contou tudo! — eu me sentia afogando naquela enchente de emoções, sem conseguir raciocinar, ciente de que eu deveria lutar e nadar para longe. Miles entrou em estado de choque, sabia do que eu estava falando antes mesmo que eu precisasse expressar em palavras. —Você mentiu para mim sobre aquela noite!

Miles engoliu seco, segurando as próprias lágrimas.

— Talvez você não entendesse se eu tivesse explicado de uma vez, você já estava em uma situação complicada. Eu só não queria tornar tudo ainda mais doloroso contando sobre o que nós dois tivemos naquela noite — ele tentava se explicar, finalmente cedendo às lágrimas. — Eu sinto muito.

— Agora vai usar a desculpa de que era para me proteger?!

— Não! — Miles rebateu. — Era para proteger a mim!

Ajoelhei na frente do garoto, ambos sobre a minha cova.

— Você não entende o quanto foi doloroso precisar falar ou sequer pensar naquela noite, Colin. Eu me senti tão feliz com você, eu pensei que aquele momento duraria para sempre! Depois daquele dia, a minha vida foi envolvida por essa nuvem cinzenta que consome tudo ao meu redor... — não havia mais motivo para que ele contivesse o choro, ele não mais suportava guardar toda aquela dor para si. — Eu queria guardar aquela noite como algo bom, a noite em que eu beijei o meu melhor amigo, não a noite em que eu perdi a única pessoa que conseguia me entender. Eu perdi você.

— Você não me perdeu! Eu estou aqui!

— Essa é a mentira que eu tenho contado para mim todo esse tempo, você sabia? Você está cada vez mais próximo de aceitar o que aconteceu, mas, e quanto a mim? Eu nunca passei da fase de negação. A minha vida se tornou somente negar que eu perdi o meu melhor amigo em um acidente de carro. Quando você aceitar e partir, eu vou me sentir destruído.

Ali, diante de Miles, tudo fez sentido. Estar comigo era o motivo pelo qual o garoto não conseguia seguir com a sua vida, acorrentado a uma figura do passo que tentava o convencer de que tudo voltaria ao normal. Eu passei aquele mês acreditando que eu era o único protagonista daquela história, mas era mentira. Sem perceber, eu poderia estar destruindo o psicológico do meu amigo. Eu tinha certeza de que o ritual não iria funcionar e seria egoísmo forçar Miles a uma estrada de negação seria egoísmo. Se eu queria seguir em frente, era o momento de permitir com que Miles também continuasse a sua própria história. Sozinho.

Nenhuma forma de barganha seria capaz de alterar o passado.

— Eu te amo, Colin, está bem? Nunca duvide disso — ele não se moveu do lugar, mantendo o nosso contato visual. Se eu ainda estivesse vivo, provavelmente o beijaria naquele momento e juraria que tudo ficaria bem. Eu me sentia impotente por não conseguir encontrar as palavras certas para ajudar o garoto que eu gostava. — Eu só preciso de um tempo sozinho para conseguir pensar em tudo que está acontecendo... e, por favor, não vamos brigar, ok? Eu não quero seguir esse clichê.

Ele estava certo. Continuar discutindo e colocar a nossa amizade em risco naquela altura do campeonato seria burrice. Era o momento de entendermos que ambos precisávamos de tempo para enfrentar as nossas próprias batalhas sozinhos, não como Batman e Robin.

— Desculpa por gritar contigo — eu dizia, ainda chorando.

— Desculpa por não ter contado toda a verdade. Eu prometo que nunca mais vou omitir nada para você.

Eu não chorava por me sentir idiota em acreditar naquele ritual bobo da internet, e sim, por não conseguir impedir que Miles continuasse sentindo aquela dor. Contudo, não havia nada a ser feito, eu apenas precisava ser maduro em entender que se eu amava Miles, deveria permitir que ele continuasse em frente com sua vida. Sempre dizem que quando você ama alguém, também deve estar preparado para deixá-lo partir. Mas eu não estava pronto, entrei em um surto de nervosismo no mesmo instante em que ele se colocou de pé.

Eu estava com tanto medo de estar sozinho.

— Eu posso ser sincero? Se eu pudesse, eu teria beijado você todos os dias depois daquela festa. Você é perfeito, Colin — Miles olhou em direção ao céu noturno, o seu corpo todo estremecia e as lágrimas não paravam de deslizar por seu rosto. Entendi que éramos dependentes emocionais um do outro e que Colin não conseguiria viver sem Miles, mas o Miles teria de sobreviver sem o Colin. — Eu não vou mais ignorar essa dor, eu preciso de um tempo para entender como conseguir lidar. Chega de fugir do sofrimento.

— Você vai abraçar essa dor?

— Não, vou tentar compreender como lidar com ela.

Também me levantei, ficando em pé sobre o meu túmulo. Eu observei enquanto Miles dava os primeiros passos na direção da saída do cemitério, logo após recolher alguns dos itens de volta para o interior de sua mochila. Não o seguir parecia me corroer por dentro, como se injetassem ácido em minhas veias.

— Você me promete que irá voltar, Miles?

Miles girou em seu próprio eixo, encarando-me com seus olhos marejados e entristecidos. Tentou sorrir, mas não conseguia.

— Eu prometo.

Eu prometo.

Eu viria a pensar muito nessas duas palavras durante os tempos sombrios que ainda estavam por vir. Eu compreendi também que não havia maneira de barganhar com a Morte, independente de quantos rituais ou verdades dolorosas eu decidisse encarar. Como eu disse anteriormente, me encontrei em uma situação em que não havia segundas chances.

Assim como em minha última noite de vida, as minhas escolhas haviam sido as responsáveis para me levar até o momento em que fui abraçado pela solidão. A diferen-

ça era que até o momento do acidente eu não sabia que estava prestes a perder tudo, enquanto, quando deixei o cemitério para trás às três horas da manhã, eu sabia que não havia me restado mais nada. Eu agora me lembrava de tudo, principalmente como a minha vida acabou por um ato de crueldade.

Tudo. Eu perdi tudo.

Capítulo 18

Festas, intrigas e garotos mortos - parte final.

Grace Buckley nunca havia ingerido sequer uma gota de álcool em toda a sua vida - isso até aquela noite. Ela era decidida o bastante para negar sempre que seus amigos a ofereciam, principalmente quando era a anfitriã. Sempre sentia a necessidade de estar sóbria para ser o contraponto da personalidade alcoolizada e agressiva do namorado, precisava estar sã para conseguir o acalmar em seus momentos de fúria. Em seus primeiros momentos solteira, ainda abalada por conta da briga feia com Evan, permitiu-se beber tudo o que via pela frente com a intenção de afastar esses pensamentos. Não demorou mais do que algumas horas para ela se sentir zonza, sozinha e totalmente perdida em sua própria casa.

Encontramos Grace alcoolizada quando saímos do quarto da garota, caída de joelhos na metade do corredor, desorientada. Miles soltou a minha mão e ambos ajudamos a loira a se levantar, já que ela não o conseguia fazer sozinha e ameaçava vomitar. Quando a garota deu início a uma cena de choro, sabíamos que era a nossa missão levar a garota até um local seguro.

Quando a deitamos delicadamente na cama, Grace começou a chorar ainda mais alto e nos contava como se odiava por já estar sentindo falta de Evan. Ela sentia que era errado gostar de alguém que jamais seria gentil ou a amaria na mesma intensidade. Como qualquer pessoa normal após o término de uma relação conturbada, se sentia sozinha e vulnerável.

— Eu preciso ir para casa! — Grace vociferou, chorosa.

— Você já está em casa... — estava pronto para explicar até ser brutalmente interrompido pela crise da loira.

— Não! Meus pais podem voltar a qualquer momento!

— Eles não estavam viajando para a Jamaica?

— É, eu tinha esquecido disso... — Grace começou a rir de sua própria confusão, pouco antes de insistir que queria deitar no chão por ser mais fresco. Negamos, deixando-a brava. — Isso é um sequestro, Hargrove?! Vocês estão me torturando!

— Não é um sequestro. Você só precisa ficar deitada num lugar confortável até tudo voltar ao normal — Miles explicava ao sentar ao lado da garota, segurando uma de suas mãos. Ele olhou para mim, abrindo um sorrisinho. — Nós vamos cuidar dela.

Como uma criança, Grace chorou mais alto.

— Estou cansada de todo mundo sempre cuidando de mim! Os meus pais, vocês, Evan... ah, espera, ele não vai mais cuidar de mim. Na verdade, ele nunca cuidou de mim — Grace abraçou o próprio corpo, como se estivesse com frio. Também sentei ao lado da garota, fazendo um cafuné com esperança de que isso a ajudaria a adormecer mais rápido. Eu já estava atrasado e precisava voltar para casa rápido, mas, claro, cuidaria da loira primeiro. — Dói me sentir tão sozinha.

— Você não está sozinha — para mim era difícil entender como alguém tão querido por todo mundo podia se sentir sozinho. Eu não enxergava que, mesmo cercada de amigos, Grace ainda tinha aquele sentimento de solidão dentro de si. As coisas pioraram para ela depois da minha morte, infelizmente.

— Mentira. Eu sempre me sinto assim.

— O tempo todo?

— Todo o tempo.

— Mas estamos com você, bem agora.

— Colin, não se preocupe, eu não me sinto sozinha com vocês — Grace conseguiu esticar as mãos para segurar a minha e a de Miles. Foi bem fofinho da parte dela. — Vocês são dois palhaços com piadas questionáveis, mas eu amo os dois. — Ela gargalhou como uma criança, ainda sem nos soltar.

— Obrigado? — Miles abriu um sorriso. — Nós também amamos você, Grace. Muito mesmo.

O rapaz desviou o olhar para mim, esperando que eu também retribuísse o amor de nossa amiga. Como sou teimoso, me fiz de difícil, com aquele olhar desafiador focado em Miles.

— Vamos, Colin. Demonstre o seu lado amoroso.

— Colin, você me ama também? — perguntou Grace, que soltou de nossas mãos para agarrar e abraçar um de seus travesseiros super confortáveis. Ela continuava rindo sem razão.

Se eu amava Grace mais do que como uma amiga? Eu não sabia dizer, apenas afirmar que era apaixonado pela garota desde o nosso primeiro dia no colegial. Seria estranho se eu confessasse que eu gostava dela e de Miles ao mesmo tempo? É possível ter uma queda por duas pessoas? Resposta afirmativa para ambas as minhas perguntas, eu imagino.

— Eu também te amo, confia — confessei.

— Não foi nada convincente — Miles me provocou.

— É meu jeitinho, mas é verdade!

— Que fofinhos — Grace abraçou o travesseiro mais forte e deitou em uma posição confortável para adormecer, felizmente sem ameaças de vomitar sobre o colchão. — Não me deixem sozinha, por favor. Eu não estou bem...

Logo em seguida, Grace caiu direto no poço dos sonhos.

Olhei apreensivamente para Miles, agora preocupado estar horas atrasado do horário combinado com a minha mãe, já que estávamos próximos das duas e meia da manhã. Explicar um olho roxo seria tranquilo em comparação a explicar um atraso. Ela provavelmente iria me cortar em milhares de pedaços! Ao mesmo tempo, eu também lutava contra o medo de deixar Grace sozinha em uma festa que estava a pleno vapor. Eu não conseguiria ir embora.

— Eu posso ficar com ela — sugeriu Miles.

— Você não fez algum combinado com a sua avó?

— Não. Ela acha que eu estou dormindo — não sigam esse exemplo de conduta, crianças, por favor. Não deixem uma idosa acreditar que vocês estão dormindo em seu quarto, enquanto está fugindo pelas ruas da cidade em sua bicicleta. — Eu vou para a casa assim que as amigas da Grace decidirem acabar com a festa. É só escalar a janela do meu quarto, me jogar na cama e a vovó nem vai perceber que eu desapareci.

— Você é um gênio do mal — elogiei, orgulhoso.

— Todos temos desvios de conduta.

— Menos eu. Estou voltando para casa no horário certo.

— Claro. Com algumas horas de atraso, com um olho roxo e visivelmente alcoolizado. Não seja hipócrita, Colin Hargrove!

Dei um sorrisinho bobo e curvei o meu corpo na intenção de roubar mais um beijo de Miles. Ele retribuiu, deslizando os dedos de suas mãos até a minha nuca e agarrando os meus cabelos. Era tão bom beijá-lo que eu já me pegava imaginando se teríamos outras chances de repetir aquele momento, mas não o disse, já que não queria soar como um "ficante" emocionado.

Miles me acompanhou na direção da porta do quarto, o seu olhar revelava o quão receoso estava de me deixar ir sozinho para casa no meio da noite. O nosso acordo durante anos era de sempre irmos e voltarmos juntinhos. Irônico que eu viesse a morrer na única noite em que não honramos esse combinado.

— Você promete que vai tomar cuidado? — Miles perguntou assim que deixamos o cômodo, segurando uma de minhas mãos com carinho. Era impossível que eu não ficasse vermelho.

— Prometo. Eu aviso assim que chegar em casa.

— Perfeito — Miles parecia mais aliviado. — E sobre o beijo, podemos conversar melhor amanhã? Entender tudo melhor.

— Os beijos, você quer dizer — corrigi por motivos óbvios, contabilizando as dezenas de beijos que trocamos naquela noite. — Claro, vamos conversar sim, quando estivermos sóbrios. Vai ser uma conversa interessante, não acha?

— Estou bem ansioso por este momento.

— Eu também.

Era um acordo silencioso entre nós que nunca precisaríamos nos despedir um do outro, um aperto de mão e um aceno de cabeça e estava tudo perfeito. Nada além disso. Todavia, quebrei essa regra quando me aproximei mais uma vez de Miles e usei a despedida como desculpa para o beijar mais uma vez. Ele continuou segurando em meu rosto quando se afastou em alguns centímetros.

— Até amanhã — eu disse, sem saber que o amanhã jamais chegaria para mim.

Deixei Miles como babá de Grace, segui para fora da festa e pedalei pela rua de sempre, seguindo em direção de casa. Sem nenhuma curva em meu caminho, era apenas olhar para frente e praticamente deixar com que a bicicleta fizesse todo o trabalho. Eram poucos minutos para percorrer algumas quadras, o que poderia dar errado em um espaço de tempo tão curto? Eu estava convicto de que tragédias não aconteciam em cidades como Saint Valley, nem em verões como aquele, ou com garotos como eu.

O olho roxo dificultava a minha visão noturna, por muitas vezes, a visão ficava embaçada e eu perdia o controle da bicicleta. Mas estava tudo correndo bem, me sentia protegido pela música que tocava em meu Walkman e que servia como trilha sonora durante o meu retorno para casa. *"Don't Look Back In Anger"*, da banda Oasis tocava em meus fones de ouvido, também dificultando que eu escutasse qualquer movimentação nas ruas escuras. Eu me sentia seguro, convencido que a melodia iria me proteger de qualquer perigo que surgisse em meu caminho. Por essa razão, pedalava em alta velocidade, ciente de que haveria um cruzamento mais à frente.

Entre todas as irônicas coincidência da vida, ser justamente Evan Churchill quem dirigia ao meu encontro seria a maior delas. Eu não posso afirmar com certeza o que o levou até aquele momento, afinal, não estava ao seu lado após a sua fuga da festa. Porém, se vocês me permitirem teorizar, eu apostaria o seguinte: Evan havia ido no mercadinho mais próximo para descontar as suas frustrações em mais de uma garrafa de bebida. Prefiro pensar dessa maneira, entende? Que Evan Churchill estava inapto de tomar uma decisão racional quando acelerou a caminhonete vermelha, vindo rapidamente pelo meu lado direito.

Não havia como desviar, acelerar ou voltar para trás, por isso paralisei quando os dois faróis estavam próximos demais para que houvesse tempo hábil para que eu escapasse da colisão. A buzina soou mais alta do que a música

que tocava em meus fones de ouvido, fazendo-me olhar na direção da caminhonete. Momento esse em que consegui enxergar os olhos rancorosos de Evan focados em mim, pouco antes de afundar o pé no acelerador. Por um bom tempo, tentei refletir sobre os motivos de Evan... Talvez ele me enxergasse como responsável pelo término de seu namoro. Talvez a nossa briga tivesse desencadeado gatilhos de suas agressões paternas. Talvez o motivo fosse o meu beijo com Miles, então ele me odiava por zombar de suas crenças.

Talvez fosse a soma de todas as três razões.

Nunca saberei exatamente qual foi o motivo.

Eu me lembro do medo de fechar os olhos pela última vez, procurando qualquer sensação de segurança que a música em meus ouvidos pudesse me proporcionar. Quis tanto ser teletransportado para um mundo em que eu não sentiria a dor da colisão ou a agonia pela injustiça. Mundo esse onde Evan Churchill não me atingiu em cheio com seu veículo, arremessando o meu corpo brutalmente na direção na direção do asfalto e para longe da minha bicicleta. Mundo esse em que haveria um amanhã onde Miles e eu teríamos de decidir o rumo de nossa amizade. Mundo esse onde Grace teria o melhor verão de sua vida e o trio de amigos que tanto desejou na noite da festa. Mundo esse em que eu chegaria vivo em casa, no horário combinado com a minha mãe.

No mundo real, eu não conseguia enxergar a caminhonete fugindo do local do acidente, sem prestar socorro. Agora, sem os *headphones* em minha orelha, o silêncio era tão doloroso quanto tentar mover o meu corpo por poucos centímetros. Não tinha como pedir ajuda, ninguém viria para me salvar. Sem esperanças, também não havia mais vida. Somente escuridão eterna até ser abraçado pela morte e pela escuridão ao redor.

Tudo. Eu havia perdido tudo.

ATO 4

Depressão

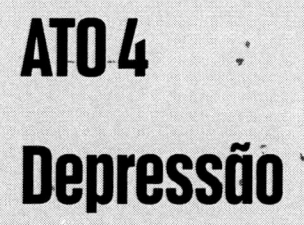

"E então, Sally pode esperar
Ela sabe que é tarde demais
Enquanto a gente está caminhando por aí
A alma dela desliza
Mas não olhe para trás com rancor
Ouvi você dizer"

"Don't Look Back In Anger" - Oasis

Capítulo 19

Tardes tristes e chuvas de verão.

Durante os dez dias que se seguiram após aquela noite no cemitério, Miles não veio me encontrar na casa da árvore.

Estar sozinho permitia com que os pensamentos negativos tomassem conta de todos os cantos da minha mente e, pela primeira vez, eu me sentia como um fantasma. A cogitação de sair da segurança do meu quarto já era o suficiente para que eu acabasse em prantos, afinal seria doloroso encarar um mundo ao qual eu não mais fazia parte. Era mais reconfortante continuar trancado em meu quarto escuro, deitado no chão como um cadáver e totalmente entregue à falta de esperança. Não haviam motivos para sair.

Eu sentia saudades da casa da árvore, porém, sabia que se eu colocasse os pés naquele lugar, voltaria a pensar em Miles. *Miles*. O garoto por quem eu era apaixonado. O meu melhor amigo. Ainda éramos amigos, certo? Se sim, por qual razão eu não tinha forças para ir correndo até a casa dele para conversar? Não, ele precisava de um tempo sozinho. Ele precisava me superar. Eu era um estorvo que atrasava o luto e a vida de Miles. Ele ficaria bem melhor se eu não estivesse por perto.

Mas ele me amava, talvez precisasse de mim.

Os pensamentos eram o meu labirinto pessoal, onde pensamentos bonitos se transformavam em melancólicos até que eu acreditasse que não haveria jeito de escapar. Eu chorava por pensar demais, ao mesmo tempo em que eu chorava por não conseguir pensar em nada. Chorei tanto durante aquele período que não seria uma surpresa se eu me levantasse do tapete e encontrasse todo o cômodo alagado pelas minhas lágrimas. Os meus pais haviam até esquecido de entrar no meu quarto para abrir a janela, então eu também me sentia mergulhado pela escuridão. Ainda assim, eu conseguia escutar quando as chuvas de verão começaram a bater contra a janela do quarto, somente assim para diferenciar os dias chuvosos dos ensolarados.

Ultimamente, todos os dias pareciam chuvosos e solitários.

De vez em quando, Casey entrava em meu quarto para chorar longe da visão dos nossos outros familiares. Independente se o objetivo dela era apenas fuçar em meus livros ou colocar algum dos meus discos para tocar, sempre terminava com o rosto pálido molhado por lágrimas. A minha irmã não podia chorar na frente da nossa família, era o único pilar forte que mantinha os três unidos durante tempos tão difíceis. O meu quarto era o único espaço solitário em que Casey podia chorar pela perda de seu irmão mais novo.

Por coincidência, durante uma dessas visitas, Casey se deitou no espaço vago ao meu lado. Ela fechou os olhos e pareceu se teletransportar para outro mundo, enquanto se permitia afundar no tapete confortavelmente velho. O que poderia estar se passando em sua mente naquele momento? O que estava sentindo? Era saudades da sua namorada? Do irmão morto? De como as coisas eram antes do acidente? Seria legal se ela estivesse pensando em maneiras de acabar com Evan Churchill por ter acabado com a minha vida. Mas Casey não sabia que ele era meu assassino. Ninguém sabia. Ele poderia viver impune daquele crime até que viesse a cometer outro e ser acobertado pelo próprio pai, que faria uso de sua influência para transformar o seu filho em inocente. Injusto.

Também devia injusto ser a irmã de um garoto morto. Mas Casey não tinha ninguém para conversar sobre isso, então secava as lágrimas e seguia para fora do quarto, pronta para fazer o seu papel de filha e irmã corajosa. Eu sempre a admirei por isso.

Chegou o momento em que eu também cansei das lágrimas e do barulho das chuvas de verão, levantando meu corpo e o enrolando em um cobertor. Desanimado, segui para o corredor, bem a tempo de assistir em primeira mão como meu irmão desferir golpes no ar contra um vilão imaginário. Ele fingia ser algum super herói inventado de sua própria cabeça, enfrentando um vilão chamado Sr. Maligno com todas as suas forças. Pelo visto, Dickson não levava a melhor contra o inimigo, que usou um raio (imaginário) para arremessar o corpo do garotinho contra a parede mais próxima. Mas o pequeno Hargrove não desistiu, então correu na direção do vilão e cravou sua espada no torso do Sr. Maligno. Vitorioso, soltou um urro alto e ergueu a espada para cima, fazendo-me sorrir como um bobo por vê-lo feliz durante tempos tão chuvosos.

Desci para a cozinha, onde encontrei mamãe e Casey conversando sobre como papai decidiu estender seu horário de trabalho novamente durante aquela semana. A mais velha parecia preocupada com o marido, mas estava cansada de continuar lutando tanto para o manter por perto. Ela não desistiria, ciente de que papai estava triste e sentindo a obrigação de o ajudar nesse momento, como haviam feito nas últimas semanas. Apesar dos conselhos de Casey, Martha Hargrove permanecia sem ideias de como resolver a situação.

Casey sentou no balcão da cozinha, perguntando:

— Você tentou perguntar como ele estava?

— Eu tentei, filha.

— E ele disse alguma coisa? Sentiu sinceridade?

— Mave disse que estava cansado.

— Mas ele não disse se estava ou não estava bem.

— Ele não precisa dizer. Sou casada com aquele homem há vinte e quatro anos, eu sei bem quando ele está chateado — mamãe estava sentada na mesa de café, bebericando a xícara entre as suas mãos e focando o olhar em sua filha. — O seu pai é um quebra-cabeça. Eu acreditei que tudo voltaria ao normal quando eu finalmente entendi o quanto vocês precisavam de mim, mas... eu me sinto bem, porém dói saber que seu pai não está sentindo o mesmo, entende? Eu sinto tanta falta dele.

Casey saltou de cima do balcão e se aproximou o suficiente para que a nossa mãe abraçasse a sua cintura, fechando os olhos e encontrando conforto no toque da filha.

— Sabe o que eu ando pensando? — questionou Casey. — Papai está totalmente focado na rotina de trabalho para evitar pensar sobre o que aconteceu com o Colin. Eu acho que deveríamos nos unir com a família do Miles e convencer o pai a fazer algo que o tire dessa caixinha. Se isso vai doer? Claro. Mas podemos pensar em algo divertido que o irá distrair da dor.

Minha mãe abriu um sorriso. Não foi um sorriso triste.

— Casey *Georgina* Hargrove, você é uma gênia.

— Esse nome do meio não deve ser mencionado! Eu não vou tolerar tamanho ataque contra a minha pessoa! — Casey aproximou uma mão de seu peito, fingindo estar realmente ofendida por ter seu nome do meio citado em voz alta.

— Ele é tão fofo, filha. É chique.

— Não, não. Eu me recuso. Ele é muito brega!

— Ainda é melhor do que Dickson.

— Mãe, você tem consciência de que Dickson é um nome questionável e ainda escolheu chamar o seu filho assim? — a minha irmã arqueou a sobrancelha de forma questionadora, enquanto voltava para o balcão.

— É minha culpa se seu pai gosta de nomes divertidos?

— Vocês merecem um ao outro. São estranhos.

Era perfeito enxergar como a minha mãe aos poucos recuperava aquele brilho que ela própria acreditava que havia perdido, mesmo que a dor ainda latejasse em seu peito. Com um objetivo em mente para reaproximar o marido da família, ela ainda precisava encontrar o lugar perfeito que o fizesse esquecer de todos os seus problemas. Parecia simples, mas era complicado.

Antes que Casey pudesse ajudar com ideias, a campainha da casa chamou a atenção de todos os presentes. Em primeiro momento, como eu estava com saudades, cogitei a possibilidade de que fosse Miles, todavia parecia ser impossível, era cedo demais para que ele conseguisse enfrentar os seus próprios fantasmas. Se não fosse ele, eu não tinha ideia de quem poderia ser. Era um mistério.

Mistério esse que foi resolvido quando Dick desceu correndo para o primeiro andar e abriu a porta de entrada. Reunindo todo o ar em seus pulmões, o pequeno gritou o seguinte:

— Mãe, tem uma garota bonita aqui fora!

Ele não mentiu, realmente tinha uma garota bonita na varanda da nossa casa. Apesar de usar um longo vestido branco florido que reforçava seu semblante angelical, a garota de cabelos dourados estava com seu rosto coberto por melancolia.

Grace Buckley não estava nada bem.

Mas abraçou o meu irmão e fingiu que estava perfeita.

Capítulo 20

Grace Buckley não está nada bem.

Uma xícara de café foi servida para Grace, que agora estava sentada na mesa da cozinha. Ela tomou um gole rápido.

— Eu fico feliz que você tenha vindo nos visitar — a minha mãe sempre foi dona de um sorriso convidativo, que afirmava ao convidado em nossa casa o quanto ela estava contente com a sua presença. Com Grace era fácil manter esse sorriso, afinal gostou da garota desde o momento em que as apresentei pela primeira vez. *"Ela parece uma boa menina"*, mamãe dizia. — Sinto falta também das visitas do Miles. O que acha de trazer ele da próxima vez?

— Faz um tempinho desde a minha última conversa com o Miles — respondeu Grace. Ela era uma profissional em mentir para os adultos e manter sua imagem positiva, mas por alguma razão, escolhia não mentir para a minha mãe. — Algumas semanas, na verdade.

A resposta deixou a minha mãe intrigada, que sentou ao lado de Grace para que pudessem conversar com maior proximidade. Assim como eu, a minha mãe também sabia que tinha algo errado com a loira. Entretanto, ela precisava escolher bem as palavras para não assustar Grace antes de descobrir o que estava acontecendo.

— Não estão se falando por alguma razão específica?

— Colin.

— Eu imaginei, querida — a minha mãe dizia em tom calmo e empático, demonstrando que realmente estava aberta para conversar com a garota sobre o que ela julgasse necessário.

— Miles está sofrendo muito.

— E *você*, não está sofrendo?

Grace arregalou os olhos, surpresa com a pergunta. Ninguém nunca a questionou sobre os seus sentimentos tão repentinamente, e por essa razão, conseguia manter a fachada construída de garota perfeita, mesmo após perder um de seus melhores-amigos. Ela devia sentir que ninguém jamais entenderia a sua dor, então preferia se fechar em uma bolha de solidão.

— Eu tento não pensar muito nisso, Sra. Hargrove — Grace queria mudar imediatamente de assunto, não se sentia pronta para falar sobre o ocorrido.

— Grace, você pode ser sincera comigo.

— Eu não consigo ser sincera com ninguém.

Grace desviou o olhar para a janela, tentava disfarçar as suas mãos que estremeciam ou seus olhos marejados.

Observar a chuva fraca caindo do céu era uma forma de se acalmar, mesmo que não conseguisse mais vestir aquela máscara que usou durante todo o verão para convencer as pessoas que estava bem. Ela se sentiu fraca até o momento em que minha mãe segurou gentilmente a mão dela, como se estivesse frente a frente com a própria filha.

— Eu vim até aqui para pedir perdão, Sra. Hargrove — ao olhar diretamente para a minha mãe, Grace não mais conseguiu conter as lágrimas que segurou durante tantas semanas. Por respeito, mesmo que nenhuma das duas pudesse me enxergar, mantive uma distância segura da conversa.

— Pode continuar, Grace. Estou aqui para escutar.

— Eu sinto essa culpa me matando, todos os dias. Eu não consigo comer, dormir, sair do meu quarto... eu não mereço viver a vida que eu roubei do Colin naquela noite! — Grace estremeceu por completo e apertou a mão da mulher mais velha, buscando conforto em meio a uma conversa pesada. — Eu estava bêbada e implorei para que o Miles continuasse em minha casa comigo. Se eu não tivesse bebido tanto ou sido tão egoísta, ele teria acompanhado Colin em segurança até em casa. Se eu não fosse burra, Colin estaria vivo.

— Você não tem culpa.

— Ele foi embora *sozinho* por minha causa.

— Você não é culpada.

— Eu tenho culpa pelo que aconteceu com o Colin!

— Ei, olha para mim! — a minha mãe pediu, Grace obedeceu sem nenhum grau de resistência. Em questão de segundos, as mãos da matriarca Hargrove estavam to-

cando o rosto da Buckley, como se estivesse tocando em sua própria filha. — Não foi sua culpa, Grace. Eu tenho certeza: se você soubesse o que iria acontecer, nunca teria deixado meu filho ir embora. Eu sei que você não deixaria. Logo, elas estavam segurando as mãos uma da outra.

— Filha, você precisa se perdoar.

— Colin nunca me perdoaria.

— Tenho certeza de que ele nunca te culpou.

Isso, mãe! Você acertou em cheio!

Como se estivesse sendo banhada pela dolorosa fonte da verdade, Grace não conseguiu conter o choro, desatando em lágrimas na frente da minha mãe. Apesar da tristeza, os seus olhos transmitiam certo alívio. O alívio de finalmente mostrar suas emoções na frente de outro alguém. O alívio de compartilhar a dor. O alívio de entender que estava se culpando por algo que nunca deveria ter sido um peso em suas costas.

Grace não foi apenas a minha primeira grande paixão, e sim, uma das maiores amizades que tive em vida. A minha mãe entendia isso, por isso abraçava a garota como se estivesse abraçando sua própria filha – agradeci por Casey e Dick estarem brincando na sala de estar, assim as duas envolvidas naquela cena poderiam conversar com maior privacidade. Por ironia, privacidade essa que eu não estava respeitando, mesmo que nenhuma das duas pudesse enxergar a minha presença.

Respeitando os desabafos da Buckley, caminhei na direção da nossa geladeira, observando as memórias que ali estavam guardadas. A porta da geladeira era personalizada por diversos dos "primeiros desenhos dos Hargrove", uma galeria de arte que variava entre animais mutantes, nossa família representada por palitos e o que deveriam ser representações fiéis da fachada da casa. Os artistas dividiam espaços com imãs de negócios locais, principalmente de mercadinhos, cafeterias e restaurantes temáticos. Uma ou duas fotos de nossa família em uma viagem para o Canadá, o que me fazia sentir saudades da neve. E, para completar, um cartão postal de *Lovers Bay*, enviado de Maverick Hargrove para Martha Jensen em 21 de julho de 1970.

Eu posso estar invadindo a privacidade dos meus pais por isso, mas não seria justo com vocês não contar o que estava escrito no verso. Sem nenhuma culpa, posso dizer que o meu pai escreveu o seguinte:

> *Querida Martha,*
>
> *Esse é meu primeiro verão longe de você.*
>
> *Os meus pais nunca mais irão me convencer de que eu devo passar um verão todo longe de Saint Valley. Sabe o motivo? Não me importo com o quão belas são as ondas do mar, pois elas nunca vão se comparar à beleza do meu grande amor. Sinto saudades, Marthinha.*
>
> *Esse vai ser meu único verão longe de você.*
>
> *Com amor,*
> *Mave.*

Um certo aperto no meu coração – e embrulho no estômago – me afligiram quando finalizei a minha leitura. Não conseguia imaginar o meu pai sendo tão romântico ou apelidando minha mãe de "Martinha". Apesar disso, me fazia entender que o amor dos meus pais era mais forte do que eu acreditava que fosse. Eles não eram iguais, mas sempre encontravam um modo de trazer o outro de volta para perto. Mesmo com a minha partida, eles ainda estavam lutando para que o amor entre eles não fosse embora.

Aquele não seria o último verão dos meus pais.

Eu tive certeza.

— Posso te contar um segredo, Grace? — voltei para a cena após ouvir a pergunta da minha mãe. — Eu também me senti culpada pelo que aconteceu com o meu filho, por um bom tempo. Eu não conseguia entender os meus sentimentos, uma verdadeira confusão! Isso até que encontrei uma profissional que estivesse disposta a me mostrar o caminho. Claro, ela não vai me dar um passo a passo como superar essa dor. Mas vai me ajudar a enxergar a estrada certa, entende?

— Uma psicóloga?

— Sim. Casey me ajudou a entrar em contato.

— Você acha que eu preciso conversar com uma profissional?

— Todos precisamos — minha mãe respondeu, ainda segurando as mãos da menina chorosa. Elas as apertou, demonstrando confiança. — Você também precisa de ajuda, querida. Se você quiser, eu mesma me ofereço para te levar de carona para as sessões...

— Não! Os meus pais nunca concordariam.

— Eles vão entender que é para o seu melhor — Grace fechou os olhos quando recebeu um beijo na testa. — Conversei com a avó do Miles, ela também parecia incrédula no começo. Com a ajuda dele, consegui convencê-la de que era o melhor caminho. Miles já está indo para a terceira sessão na próxima semana.

— Minha mãe nunca vai entender, Sra. Hargrove.

— Eu e você vamos fazer com que ela entenda, está bem?

— Sim.

— Agora você ganhou o direito de me chamar de Martha.

Grace deixou escapar uma risadinha entre as lágrimas, enquanto observava minha mãe levantar para pegar alguns biscoitos. A culpa que durante tanto tempo esteve em seu olhar parecia dar lugar à esperança de que as coisas iriam melhorar. Eu tinha certeza de que, se eu decidisse partir naquele mesmo instante, Grace estaria em boas mãos com a minha mãe.

Os olhos da loira também encontraram o cartão postal.

— Vocês nunca levaram o Colin para a praia, certo?

— Estranhamente, acho que não — respondia minha mãe ao servir um prato de cookies para a visita. — Ele comentou algo sobre isso? — ela novamente sentou-se na respectiva cadeira.

— Muitas vezes. Era quase um sonho dele.

Por mais bobo que isso possa soar, era mesmo um sonho.

— Ele nunca comentou comigo.

— Ele deveria ter dito algo.

Minha mãe assentiu, provavelmente com a mente partindo para um mundo em que ela conseguia ler a minha mente e convencer toda a família a partir numa viagem para Lovers Bay. Teria sido um dia divertido. *Teria.* Essa palavra novamente me trazia tristeza. O fim.

Como se a maior das ideias tivesse passado pela mente de Grace, a mesma arregalou os olhos outrora entristecidos para anunciar em voz alta:

— Martha, acho que tive uma ideia brilhante.

— Sou toda ouvidos.

Capítulo 21

Primeira e última visita a Lovers Bay.

Na quinta-feira seguinte, quarenta e dois dias após a minha morte, a minha família decidiu seguir a brilhante ideia de Grace Buckley: uma curta viagem para Lovers Bay. Com aqueles seus olhos brilhantes e confiança em sua voz, a loira convenceu também que Miles e a avó dele também fossem para a costa. De alguma forma que apenas ela seria capaz, também me senti convencido a abandonar a monotonia do meu quarto, seguindo para longe de Saint Valley e do garoto que havia me assassinado. Ao chegar em nosso destino, talvez eu me sentisse feliz novamente.

Os viajantes se dividiram entre os carros do meu pai e irmã da seguinte materna: o primeiro carro levaria as figuras maternas das famílias Hargrove e Sutherland, assim como Dickson; já Casey ficou encarregada de transportar Grace no banco do passageiro, Miles e o fantasma do seu irmão no banco de trás. Com todos unidos como em uma grande família, seguimos juntos para a estrada.

Pouco depois que deixamos a cidade para trás, Saint Valley sofreu nas mãos de uma repentina e intensa tempestade de verão, que tornava impossível que os moradores saíssem de suas casas. Para a nossa sorte, a tempestade não chegou a nos alcançar e seguimos tranquilamente para o nosso destino, forçados a ouvir Casey cantarolando as mais tocadas da *Cutting Crew* como se estivesse na abertura de um show. Como ninguém além de Miles poderia escutar o alcance da minha bela, acompanhei a minha irmã em sua jornada para o topo das paradas. Nesse momento, algo me dizia que seria possível consertar a minha relação com Miles... o motivo? Ele gargalhava sempre que eu desafinava, como uma criança.

Em algum instante, os passageiros do banco traseiro pararam de conversar para embarcar em nossa performance de "(*I Just*) *Died In Your Arms*", caindo na risada sempre que um de nós errava a letra da música. Bem ali, era como se eu ainda estivesse vivo, apenas me divertindo um pouco com a minha irmã e meus dois grandes amigos. Não me sentia deprimido como nos dias anteriores, talvez até um pouco esperançosos. Eles todos me trouxeram esse sentimento, mesmo que as meninas não fizessem ideia de que eu estava no veículo.

Casey até arriscava a vida de todos ao soltar do volante para imitar um microfone em suas mãos, arrancando gritos de desespero de Grace no banco do passageiro. Com as risadas ecoando em meus ouvidos, me permiti olhar para fora da janela. Observava a estrada, as árvores, os carros que passavam ao nosso lado... todas as coisas me pareceram tão infinitas.

Casey, Miles e Grace seriam infinitos.

Da mesma forma que meu amor pelos três era infinito.

Pensei muito nesse amor mesmo após chegarmos em uma das praias secretas da região, enquanto observava Dickson correr na direção do oceano, gritando a plenos pulmões:

— Mãe, eu sou um peixe! Um peixinho!

A avó de Miles assumiu a tarefa de vigiar a criança, sentando em uma cadeira e esbanjando uma estética superior a todos os presentes – composto por um maiô psicodélico de duas décadas atrás, óculos verdes fluorescentes e um cigarro entre seus dedos. Minha mãe não parecia incomodada pela amiga ser fumante, estava distraída demais sendo carregada para o mar nos braços do meu pai, gargalhando como se fosse uma adolescente. Quando era mais novo, eu achava nojento quando os meus pais se beijavam daquela maneira, mas não senti o mesmo ali. O beijo era a confirmação de que a minha mãe estava conseguindo trazer o marido de volta para a sua vida, e que, novamente, seriam os dois contra o mundo.

Grace estava sentada ao meu lado, contemplando o horizonte com seu rosto sendo iluminado pelo sol da manhã. Torcia para que Grace encontrasse uma maneira de vencer aquele sentimento de tristeza profunda, ou, melhor, conseguisse o controlar. Nesse primeiro momento, ela já havia encontrado pessoas com as quais confiava e que iriam cuidar de si. Minha mãe, Casey, Miles. Eles ajudariam Grace a reencontrar aquela luz perdida em meio ao verão de 1996.

Ali, ela estava mais radiante do que nunca.

Brilho esse que se intensificou quando Dick, o nosso pequeno peixinho, correu até a garota e implorou para que ela se juntasse ao seu time contra o Deus Maligno do Mar. O convite irrecusável arrancou um sorriso de Grace, que se despediu de Miles com um beijo em sua bochecha e correu com os meus irmãos na direção das águas infinitas. Era fantástico ver como todos pareciam felizes. Os meus pais, Casey, Dick, Grace, até mesmo a Sra. Sutherland. Eu me senti tão revitalizado ao assistir essa cena.

Era como um recomeço. Para cada um deles.

Miles, o único que ainda não havia corrido para o oceano, aproximou-se de mim. Os nossos olhares se encontraram, pouco antes de darmos aquele sorriso saudoso de sempre. Ele sentia a minha falta, assim como eu senti a dele. Contudo, a distância que criamos foi necessária para que Miles entendesse os próprios sentimentos e conseguisse dar os primeiros passos na direção da aceitação. Ele precisava seguir em frente.

— Vamos ativar o modo "se vira nos trinta"? — propôs ele, provavelmente ansioso pelos milhões de questionamentos que passavam por sua mente. A nossa brincadeira seria a maneira ideal de quebrar aquele momento de tensão.

— Você é um gênio! — elogiei, abrindo um sorriso. — Você se incomoda se eu começar a perguntar primeiro? Eu estou ansioso.

— Claro. O seu tempo começa agora.

— Como você está? — era a pergunta mais importante.

— Estou com saudades de você.

Ok, admito que senti as minhas bochechas ficarem vermelhas pela resposta inesperada. Não me julguem, eu achei fofo.

— Você chegou a conversar com uma profissional?

— É confidencial — ele sorriu, zombando de mim.

— Respeite as regras da brincadeira!

— Ok! Sim, eu conversei com uma psicóloga sobre você, ela foi bem gentil comigo.

— E isso te fez sentir melhor?

— Bem melhor.

Eu estava tão feliz por Miles. Ele merecia.

— Você me faz uma promessa, Miles?

— Qualquer coisa.

— *Quando* eu partir, você promete cuidar da Grace?

— Prometo. Somos um trio agora.

Olhamos para o oceano no mesmo instante, visualizando a nossa loira favorita gargalhando em meio a uma batalha de água contra os meus irmãos. Não demorou para que os meus pais fossem ao seu socorro, com papai colocando Dickson em cima de seus ombros e simulando a captura de um soldado inimigo. Ainda em sua cadeira, a Sra. Sutherland gargalhava da situação, finalizando o primeiro de muitos cigarros.

Grace, aquele não seria seu último verão de felicidade.

Você ainda teria muitos verões bons pela frente.

— Minha vez — Miles quis iniciar sua rodada.

— Claro, eu sou um caixão aberto.

Ele não conseguiu segurar a risada com a piada, com um certo peso na consciência.

Por poucos segundos, acabei me distraindo da nossa conversa ao perceber que minha família não estava sozinha na praia, já que também havia um homem de chapéu sentado próximo de nós, sozinho e contemplando o oceano. Ele era um fantasma como eu, por essa razão ninguém havia notado a sua presença. É, meu bom velho, eu e você estávamos no mesmo barco para lugar nenhum, no aguardo de nosso ceifeiro com terno preto.

— Você me perdoa por ter ido embora? — ele perguntou, com arrependimento estampado em seus olhos.

— Não tem o que perdoar — fui sincero em minha resposta, olhando novamente para aquele que estava sentado ao meu lado. Miles estava lindo com sua camisa desabotoada, como sempre.

— Eu fui um grande covarde.

— Não, você foi corajoso.

— Por que você acha que fui corajoso?

— Poucos teriam a coragem de deixar alguém que amam seguir em frente.

— Eu não quero que você vá embora.

— Você quebrou a regra da brincadeira, isso não é uma pergunta — brinquei para tentar evitar o rumo triste da conversa, mas não havia como, eu precisava confrontar a tristeza. Não somente a minha, mas a de Miles também.

— É uma afirmação, Colin. Não quero que você siga para o Além ou desapareça para sempre.

Um sorriso triste tomou conta de mim ao perceber que Miles ainda sofria internamente por me perder, ele também não havia alcançado o último estágio.

— Se as coisas tivessem sido diferentes do que foram, você acha que, em alguma realidade ou universos alternativos, você poderia ter me amado? — ele parecia ansioso por fazer essa pergunta, que provavelmente rondou a sua cabeça por diversas vezes. — Digo, amar mais como um amigo.

— Eu amo você, Miles. De todas as formas possíveis.

— Como mais do que amigos?

— Como companheiro, amigo e primeiro amor.

Um sorrisinho voltou para o rosto do Sutherland.

— Eu também amo você. De todas as formas possíveis.

Escutar alguém dizer te ama parece tão infinito quanto o oceano, completamente envolvente e profundo. Se eu pudesse, saltaria em direção ao amor de Miles, sem pensar duas vezes. O quão louco é amar e ser amado de todas as formas possíveis?

— Eu queria muito te beijar — assumiu Miles, tornando nosso contato visual ainda mais intenso. Ele pousou a mão do lado da minha, como se estivéssemos segurando um ao outro.

— É tudo o que eu mais quero.

— Talvez em outra vida, huh?

— Em outra vida.

O sorrisinho estampado no rosto de Sutherland aqueceu minha alma, ao mesmo tempo em que eu poderia me

perder totalmente em seu olhar. Então, como era estar verdadeiramente apaixonado por alguém? Era muito tarde para que eu pudesse conversar com meu melhor-amigo sobre essa paixão? No fim das contas, não era preciso dizer nada, apenas se permitir sentir.

O restante daquele dia foi simplesmente mágico, não há melhor palavra para descrever. Era como se toda a tristeza daquelas últimas semanas desse espaço a um sentimento de esperança entre os presentes, envolvidos por risadas, conversas saudosas nas margens da praia, em abraços e beijos carinhosos. O melhor de tudo era ver a felicidade estampada no rosto da minha mãe, enquanto contava para todos as minhas histórias de infância que eram recheadas de momentos atrapalhados. O meu pai acrescentava alguns detalhes que foram esquecidos na narrativa, arrancando risadas dos presentes na roda. Por alguns momentos, esqueci que aquele era o meu último verão.

Eternidade.

Eu poderia estar pela eternidade ao lado deles.

Houve um momento que mudou esse pensamento.

Durante o retorno para uma chuvosa Saint Valley, sentado ao lado de Miles nos bancos traseiros, me encontrava pensando sobre um acontecimento específico na praia. Vocês se recordam do homem fantasma que citei anteriormente? Ele não continuou sentado por muito tempo. Enquanto minha mãe contava e encenava minha reação diante de um tal "incidente do shampoo", observei quando um menino surgiu na frente do homem e estendeu a mão. Não demorou para que eu chegasse à conclusão de que o menino ruivo com capa de chuva amarela estava ali para buscar a alma do idoso, ele era o ceifeiro responsável por aquela alma. Essa teoria foi confirmada quando, de mãos dadas, seguiram para dentro do oceano.

Eles desapareceram, pois nada é eterno.

A verdade me atingiu como um soco quando Casey estacionou o carro na frente de nossa casa, anunciando para Grace e Miles que iria deixar alguns itens da viagem no hall de entrada antes de os levar para suas casas. Apesar da chuva constante que caía do lado de fora, Grace saiu do veículo e ajudou a minha irmã nessa tarefa. Agora, Miles e eu estávamos a sós para conversar.

— Ela mentiu para mim! — pensei em todas as conversas que Connie e eu tivemos sobre o Além e o que significava seguir em frente. Os conselhos nunca foram em vão, havia todo um motivo para que ela estivesse me ajudando. Como eu não havia enxergado antes?

— Quem mentiu? — Miles parecia confuso.

— Connie.

— Você está falando da maconheira?

— Sim! A maconheira!

Ele não entendeu onde eu queria chegar e não havia tempo para que eu explicasse todos os detalhes. Connie era uma mentirosa e descobrir isso me trouxe felicidade. Miles também não sabia o motivo para que eu estivesse tão eufórico, mas ele precisava ser paciente e em breve tudo faria sentido.

— Antes da meia noite, me encontre na casa da árvore. É uma ordem, soldado — Miles nem cogitava negar. Até poderia estar confuso pela minha conclusão repentina, mas confiava em mim o suficiente para fazer qualquer coisa. — Perfeito.

— Não vai nem me dar uma pista do que está acontecendo? Eu vou ter cinco crises de ansiedade até o nosso encontro.

Grace e Casey voltaram para o carro bem nesse momento.

— Eu encontrei a saída do labirinto, meu amigo.

Sem mais delongas, desci do veículo e iniciei uma corrida dramática em meio a tempestade. A mentira de Connie me motivava a correr como se o mundo fosse acabar em questão de horas.

Os ceifeiros não eram homens de terno preto.

Às vezes, os ceifeiros eram garotinhos com capas de chuva ou mulheres de meia-idade em vestido amarelo, humor sarcástico e um baseado na mão direita. Ou seja, Connie era a minha ceifeira esse tempo todo.

ATO FINAL

Aceitação

"Eu vou estar lá no verão
Porque seu coração não é seguro
Você não vai, você não é uma corredora
Então você não vai fugir
Se você pudesse seguir seu coração suavemente
Não seria essa bagunça
Talvez algum dia, apenas um dia, você vai encontrar um
caminho de volta"

"Forest Fires" - Axel Flóvent

Capítulo 22

A última grande tempestade de Saint Valley.

Item 15: Como um humano, você também se molha na chuva.

Após tantas semanas sem conseguir sentir nenhum toque físico no plano astral, eu finalmente senti mais do que um formigamento enquanto a chuva caía em mim. Eu me sentia vivo. Por isso não conseguia me conter de rir alto, eufórico, com meu cabelo molhado e roupas encharcadas. Eu até cogitaria dizer que aquele seria o começo de um novo capítulo da minha história, todavia, eu já sabia que seria o último.

Connie estava sentada novamente sobre aquela mesma mesa de piquenique, quebrando todas as leis da física ao acender um de seus baseados enquanto a chuva caía intensamente ao redor. Ela nem parecia surpresa com a minha chegada repentina, já que seu olhar até transmitia certo orgulho pela verdade ter enfim sido descoberta. O seu sorrisinho sarcástico, como sempre, estava presente.

— Garoto, ao que devo a honra de sua visita?

Eu não aceitaria tão facilmente ter sido feito de bobo durante tanto tempo, por isso troquei a expressão risonha por uma de indignação e cruzei os meus braços.

— Você mentiu para mim, Connie!

— Você levou todo esse tempo para descobrir? — ela debochou antes de dar um trago rápido no cigarro.

— Não importa! — apontei para Connie usando o dedo indicador, como se estivesse a acusando de algum crime. — E toda a história que você me contou sobre a sua filha? Era uma mentira? — eu torcia para que não fosse uma mentira. Além de ter sido um tópico super sensível, ainda foi o momento em que realmente senti a conexão de nossa amizade.

— Não, essa parte sempre foi verdade — a mulher assumiu, para meu alívio. — Você realmente acredita que todo Ceifeiro só existiu para exercer esse trabalho? Somos como você, Colin, todos tivemos uma vida. Nós também passamos por esse mesmo processo de aceitação após a nossa morte. A grande diferença é que, após um bom tempo no Além, recebemos a função de guiar outras almas perdidas para esse mesmo destino. Eu aceitei esse trabalho não somente pelo desejo de ajudar pessoas como você, mas também para conseguir visitar a minha filha e neta. Por sua causa, eu tive a chance de ter novos momentos com elas. Então, sim, toda a minha história é verdadeira.

Não consegui evitar de abrir um sorriso, contente de que toda a nossa jornada juntos não havia sido apenas uma conexão inventada para que eu aceitasse o meu destino mais facilmente. Eu ainda podia confiar na minha conselheira.

— Você poderia não ter mentido para mim...

— Eu não menti.

— Mas não me disse que era uma Ceifeira.

— Faz parte do meu trabalho — ela rebateu. Bateu duas vezes no espaço vago ao seu lado e me convidou para sentar. — Senta ao lado da mãe, por favor.

Como um cachorrinho, eu decidi obedecer.

— O meu trabalho aqui não era sentar contigo e explicar passo por passo para que você chegasse ao destino final, Colin. É toda uma estrada, sacou? — Connie começou a explicar até se incomodar com as mechas molhadas caindo na frente de seus olhos, então as puxou para trás das orelhas. — Durante esse caminho, eu não devo apressar as coisas e carregar você nas costas até a linha de chegada. Porém, eu posso segurar a sua mão, escutar o que você tem a dizer e indicar alguns caminhos para melhor entender os seus sentimentos. Não sou a responsável por te trazer até esse momento, foi você mesmo.

— Se eu entendi bem, eu preciso passar por todas as fases por conta própria até descobrir o meu próprio caminho para o Além? É isso mesmo?

— Claro.

— E se eu não descobrisse que você era uma Ceifeira?

— Vocês descobrem. Alguns mais cedo, outros mais tarde.

— Eu demorei muito para descobrir?

— Não, eu estava só brincando. Digamos que não existe um tempo médio para descobrir a identidade de seu Ceifeiro e alcançar a última fase de aceitação. Cada alma perdida tem o seu próprio tempo — Connie abriu um sorriso materno, orgulhosa. Fui pego de surpresa quando ela arremessou o cigarro para longe, agora com os braços livres para me envolver em um abraço. Deitei no ombro da mulher, sentindo o cheiro forte de cigarro impregnado em seus cabelos escuros como a noite. surpreendi quando a mesma arremessou o cigarro de sua mão para longe, podendo assim me abraçar com ambos os braços. — Você se importa se eu perguntar como você descobriu que eu era a sua Ceifeira?

Expliquei para Connie como, na praia, enxerguei o menino de capa amarela guiando o velho senhor na direção do oceano. Em primeiro momento, como ninguém estava enxergando o garotinho, assumi que ele também fosse um espírito. Mas, quando ambos desapareceram e uma sensação de paz me tomou por completo, eu soube que eles haviam seguido para o Além. Diante disso, foi inevitável pensar em nossa primeira conversa sobre ceifeiros e como Connie havia me dado a informação errada para me despistar de sua verdadeira missão em Saint Valley.

"Pode me dizer como é a pessoa que vai vir me fazer essa tal proposta? Um senhor esquelético vestindo uma capa preta?"

"Quase isso. Os ceifeiros sempre usam preto."

O menino não era um senhor esquelético com capa preta, era alguém com quem o idoso construiu uma sensação de confiança após a morte. Quem era essa pessoa na minha história? Connie. Bastou unir algumas pontas soltas e tudo se esclareceu como mágica.

Chegou o momento do meu grande questionamento.

— Então, você veio para me buscar?

— Não, eu vim para te acompanhar.

— E como eu saberei o momento certo para seguir em frente?

— Você esteve seguindo em frente esse tempo todo, como você ainda não percebeu?! — ela praticamente me sufocou em seu abraço. — Porém, quem decide o momento de chegar ao destino final é somente você. Você está pronto, Colin?

Boa pergunta.

Depois de toda a jornada, eu sabia a resposta.

— Estou pronto, Connie. De verdade.

— Eu estou tão orgulhosa! — Connie abriu um sorriso de orelha a orelha, contente como quando uma mãe descobre que seu filho entrou para a universidade. — Sério, eu preciso confessar que me apeguei a você de uma maneira que eu não esperava. O Além vai ser um lugar mais bonito com a sua presença.

— O outro lado é mesmo bonito?

— Eu não posso contar, mas a resposta seria positiva.

— Interessante — constatei, ansioso por esse momento.

Eu estava pronto para interromper Connie caso ela viesse a insinuar que já poderia me levar para o Além; mas não foi preciso, Connie já me conhecia bem o suficiente para adivinhar que eu precisaria fazer um pedido especial. Ela segurou as minhas mãos, entendendo o quão importante para mim era fazer algumas despedidas antes de seguir em frente.

Aquele realmente seria o meu último verão.

— Posso fazer um último pedido? — perguntei.

— Garoto, eu moveria o mundo por você. Com certeza.

— Eu preciso quebrar uma regra da física.

Connie abriu um sorriso ainda maior, eufórica.

Capítulo 23

Para aqueles que ficaram.

Ao contrário do tempo chuvoso e da escuridão que tomavam conta do lado exterior da residência, o lar dos Hargrove parecia coberto de segurança e luzes reconfortantes. Ao entrar, notei que uma melodia ecoava pelos ambientes da cozinha e sala de estar, com a família dividida entre os dois cômodos: Casey e meu pai tentavam preparar uma pizza de forno, enquanto a minha mãe dançava com Dickson na sala de estar. Eles pareciam todos tão felizes.

Eu sempre odiei despedidas, por mais poéticos que cada um dos finais pudesse soar aos meus ouvidos. Todavia, eu não sabia se, pela minha família não conseguir me enxergar ou escutar, se seria um adeus digno. Agora, eu entendo que tudo aconteceu da forma que deveria ter sido, e sendo bem honesto, eu não mudaria nada. Pensa só, depois de um mês coberto por lágrimas tão intensas quanto a tempestade que caía ao lado de fora, eles finalmente haviam encontrado um momento ensolarado no interior de uma casa assombrada por memórias. Não duraria para sempre, claro, sempre existiriam as chuvas repentinas. Mas seriam esses instantes ensolarados que os manteriam aquecidos até o próximo verão.

O meu momento enrolado foi escutar a minha mãe cantarolar um dueto com ninguém menos do que Elvis Presley, ensinando o meu irmão a dançar com os pequenos braços presos à sua cintura. Os pezinhos estavam posicionados em cima dos pés da mais velha, enquanto ela o conduzia de um lado para o outro. Ele estava levando aquela dança muito a sério como parceiro de nossa mãe, declarando que não era mais um peixinho, e sim um príncipe com pernas. Nós dois estávamos encantados pela voz de nossa mãe em cada verso de "Can´t Help Falling In Love".

Eu sempre achei encantadora a forma com a qual minha mãe conseguia sorrir com os olhos, preenchendo todo o ambiente em volta de si com alegria. Como a Sra. Hargrove conseguia ser a mulher mais bonita da face da terra, até mesmo trajando o meu suéter do Nirvana? Poucos saberiam explicar. Bem, o meu pai seria um desses poucos. Ele não prestava atenção na pizza sendo colocada no forno, os seus olhos estavam focados na mulher que dançava em um cômodo tão próximo. No que ele estava pensando? Eu não posso garantir uma resposta certeira, mas se me permite arriscar, eu diria que o Sr. Hargrove estava totalmente apaixonado pela própria esposa.

Eu estava sentado no sofá, mergulhado em meus próprios déjà-vu de minhas noites dançantes com mamãe.

Pensar no passado não era mais doloroso, principalmente quando eu sabia que o meu irmão teria a chance de viver esses mesmos momentos. As *minhas* lembranças nunca seriam apagadas ou substituídas, elas existiriam para todo sempre. Minha mãe jamais esqueceria de nossas danças, nossas noites de filme, nossos bate papos sobre o futuro. As minhas memórias viveriam através dela, do meu pai, de Casey, de Dickson. Eles tornaram essas memórias eternas.

Claro que memórias também podem machucar.

Conseguem até trazer um dos momentos chuvosos.

Entendi as afirmações acima quando, ao fim da música, a minha mãe se ajoelhou sobre o tapete da sala e envolveu o filho mais novo em um abraço. O choro dela era abafado, doloroso e libertador. A saudade sempre estaria em seu peito, pois perder um filho é uma dor eterna, mas durante seu choro, ocorreu para mim uma promessa de um futuro mais brilhante. Eu também acabei entendendo como eu não precisava me preocupar com o que viria depois, os Hargrove sempre estariam ao lado uns dos outros. Por isso, Casey e nosso pai correram da cozinha para se unirem ao abraço apertado, todos ajoelhados sobre o nosso tapete. Os três mantiveram nossa mãe naquela rede de segurança pelo tempo que fosse necessário, pouco importando se a pizza foi queimada durante o preparo. Eles estariam bem ali pela mulher que *nós* amávamos.

Os Hargrove não conseguiam sentir o meu toque, mas eu estava me unindo ao abraço deles. Não demorou para que eu também estivesse em prantos, imerso na dolorosa libertação de uma despedida. Eu não chorava pelo medo de partir, entendia que todos ficariam bem e seguiriam juntos pela estrada que ainda haveria pela frente. Também não chorava pela fantasia de como as coisas poderiam ter sido, de como teria sido viver por mais sessenta anos ao lado de cada um deles. Eu chorava pensando nas coisas que nunca haviam sido ditas, mas que agora poderiam ser sentidas.

Dick, meu pequeno e sonhador irmãozinho, eu tenho certeza de que você viverá feliz em seu próprio mundo, seguindo as suas próprias regras. Não importa se você um dia decidir se tornar um piloto de corrida, um cavalheiro de armadura dourada, um peixinho ou um príncipe, eu sempre estarei orgulhoso de você. Se eu tenho certeza de uma coisa aqui no Além, é de que o mundo estará na palma da sua mão. Cuide bem da mamãe, por favor.

Casey, minha irmã, eu espero que o mundo um dia seja tão gentil quanto você é com todos a sua volta. Eu nunca conheci ninguém tão puro, tão prestativo, tão adorável quanto você. Eu espero que um dia o mundo seja um lugar seguro e acolhedor para pessoas como nós, que só querem a chance de amar sem sentirem medo. Torço para que um dia você e sua namorada possam se casar oficialmente uma com a outra, eu voltaria ao mundo dos vivos apenas para assistir esse momento de camarote. Nunca deixe de amar.

Maverick, meu pai, tem tantas coisas que poderíamos ter dito um para o outro enquanto ainda havia tempo. Mas somente uma é importante: Eu sempre amei você. Continue perto da nossa família, está bem? Entenda que, às vezes, podemos sim ser vulneráveis e nos permitir pedir ajuda. Eu tenho certeza de que você está aprendendo isso. Ah, agora eu vejo que tem muitas outras coisas que eu poderia ter declarado ao seu respeito.

Meu pai era protetor.

Meu pai era amoroso.

Meu pai era humano.

Essas são as coisas que eu deveria ter dito sobre você. Martha, minha amada mãe e a mulher mais bela da Terra e do Além, eu precisaria escrever um livro inteiro somente de elogios para você. Eu não poderia ter pedido outra mãe para estar ao meu lado durante todos os meus dezessete anos de vida. Somente você. Se eu pudesse pedir algo, eu pediria para você continuar mantendo nossa família unida – tarefa essa que você vai completar com êxito e um acolhedor sorriso no rosto. Todavia, eu sei que mães jamais deveriam ter de enterrar os seus filhos, e essa talvez seja um fardo do qual você jamais vai esquecer, porém, feche os olhos e se permita voar para longe dessa cidade. Eu sei que você amou Lovers Bay, não adianta negar. Você vai ser muito feliz, em meio aos verões e durante cada uma das tempestades.

Eu amo você, Mãe. De corpo, alma e espírito.

Pela eternidade, essa será a última memória que guardarei de nossa família toda reunida. Um fim digno, bonito e poético. Por isso, enquanto caminhei na direção da porta dos fundos, olhei para trás uma última vez, para guardar aquele abraço em minha mente. Espero que cada um de vocês, assim como Grace, continuem sendo eternos. Por mim.

Para aqueles que ficaram, eu sempre amarei vocês.

Capítulo 24

Para aquele que foi embora.

A última lembrança que eu guardaria da Fortaleza Hargrove seria de como ela parecia imponente diante da tempestade, a única fonte de luz que confrontava toda a escuridão do jardim. Por muitos anos, mesmo após a minha partida, ela continua em pé, servindo de porto seguro para outro alguém, seja para Dick ou qualquer outra criança sortuda. Existiam tantas histórias a serem vividas naquela casa da árvore e, com certeza, a minha jornada não seria a última a se passar entre aquelas quatro parentes.

Aquele seria o cenário do meu final poético.

Não permiti que a chuva me impedisse de seguir em frente, pois, a cada degrau escalado, eu sabia que estava mais próximo de um lugar confortável e iluminado. Empurrei a portinhola para cima e entrei no espaço que protegia tantas das minhas melhores lembranças, para sempre. E o melhor? Miles já estava bem ali, sentado em um pufe, somente aguardando a minha chegada.

Ao notar minha presença, Sutherland não hesitou em se levantar e bater em suas roupas molhadas, como se isso fosse secá-las mais rapidamente. Não consegui evitar de abrir um sorrisinho, mais uma vez encantado pela pessoa que por tanto tempo considerei como o meu melhor amigo. Quer dizer, ele ainda era meu melhor amigo; mas também era o garoto por quem eu me apaixonei. Como qualquer garoto de dezessete anos apaixonado, morto ou não, eu apenas conseguia sorrir ao pensar no quanto Miles Sutherland estava lindo.

Todavia, Miles aparentava estar com a mente distante e segurava um choro iminente. Ele sabia o que estava por vir. Ele sabia que, provavelmente, seria a nossa última conversa. Ele sabia que eu precisava seguir em frente. Aquele seria o nosso final.

— Você está indo embora, Colin? — Miles questionou, com medo da resposta. Ele estremeceu por completo.

— Sim, chegou a hora — respondi, já me aproximando para que ele se sentisse mais confortável. Ele também seguia ao meu encontro, provavelmente para nos encontrarmos bem ao centro da casa da árvore. — Por favor, não chore — Miles chorar seria um milhão de vezes mais doloroso do que ser atropelado pela caminhonete de Evan Churchill. Eu tinha certeza.

— Você sabe que eu não faço promessas as quais não conseguirei cumprir — Miles dizia com sinceridade, levantando o rosto para que os nossos olhares pudessem se encontrar. — Se eu pedisse para você ficar, qual seria a resposta?

Miles continuava segurando o choro.

— Se você pedisse, eu escolheria ficar, em todos os universos e realidades existentes. Por você, eu ficaria. Porém, Miles, nós dois sabemos que eu preciso seguir em frente para que vocês sejam libertos de toda essa dor. Como você, Grace e minha família vão continuar seguindo, se eu mesmo estou com medo do que vou encontrar no fim da minha estrada? Eu fiz a minha escolha, Miles. Por todos vocês, eu preciso seguir em frente.

— Eu não consigo te deixar ir, Colin. Isso machuca tanto.

— Eu sei que machuca. A liberdade pode machucar.

— Eu ainda não consigo me sentir livre.

— Vai levar um tempo, mas você ainda vai chegar lá. Eu juro.

O desmoronamento de Miles chegou no momento em que nossas mãos tocaram uma na outra, quebrando toda e qualquer lei da física existente entre os planos astral e física. Apesar da surpresa, ele não disse nada, apenas se permitiu chorar com o rosto enfiado em meu peito. Assim como minha mãe, seu choro não era de tristeza, e sim um misto entre libertação e uma eterna saudade.

Ele chorava, pois sentiria minha falta.

Eu chorava, pois sentiria falta dele.

Nenhuma sensação era melhor do que ter Miles envolvido em meus braços, conseguir o proteger de todo o mundo. Era como estar vivo, no sentido mais belo da palavra "viver". Por acaso, vocês lembram da minha analogia

sobre os dias ensolarados e os dias chuvosos? Então, abraçar Miles era ensolarado. Quente, seguro e familiar. Eu estava grato por Connie ter realizado o meu último pedido.

Item 16: Em caso de último pedido, leis da física podem ser quebradas.

— Colin... — Miles chamou baixinho, ainda com o rosto choroso afundado em meu moletom molhado. — Você falou sério quando disse que teria me amado? Se nada disso tivesse acontecido, você realmente me amaria?

Miles levantou o rosto novamente, confuso pelo motivo de eu estar sorrindo daquela maneira com a sua fala.

— Seu otário, eu já disse que sempre amei você, de todas as formas possíveis — afirmei mais uma vez, segurando seu rosto com as minhas mãos. Ele fechou os olhos por alguns segundos, apenas para me escutar dizer: — Eu amo você como um colega, melhor amigo, escudeiro, parceiro de sonhos, o seu primeiro amor. Eu amo você.

Ele não me respondeu de volta, mas uniu os nossos lábios em um beijo tão eletrizante que poderia me ressuscitar dos mortos. Bem, solicito imediatamente para que vocês desconsiderem a minha afirmação sobre abraçar Miles ser a melhor coisa do universo, eu estava errado – o correto seria dizer que beijar Miles é a melhor coisa do universo. Suas mãos agarradas nas costas do meu moletom, os nossos corpos unidos e implorando para que nunca nos afastemos, as pontas de nossos dedos sentindo o calor da pele um do outro. Eu nunca me esquecerei de cada uma dessas sensações.

Ao fim daquela série de beijos, abrimos os olhos ao mesmo tempo e mantivemos as nossas testas coladas uma na outra. Como eu sempre disse, estar em silêncio com Miles era confortável. Não precisávamos trocar uma única palavra para entender que amaríamos um ao outro pela eternidade, por mais que demorasse para nos reencontrarmos no Além. Saber que Miles teria a chance de deixar sua marca no mundo era o que me manteve em pé durante o final daquele processo, independente das lágrimas que desciam pelo meu rosto já molhado pela chuva.

— Eu sempre amarei você, Colin Hargrove. — Ele deslizou as mãos até a gola do meu moletom e se aproximou para distribuir vários beijinhos em meu rosto machucado, da mesma forma que havia feito na noite da festa. Depois, colocou as minhas mãos sobre o seu peito, para que eu sentisse o coração batendo acelerado. — Todos os verões me lembrarão do quanto eu amo você, está bem? Por mais que dizer adeus vá me machuque, eu entendo que você sempre estará comigo.

— Eu estarei lá, em todos os verões. É uma promessa.

Uma última troca de sorrisos entristecidos antes de um último beijo, ainda mais intenso do que todos os anteriores. Talvez pelo beijo significar muito mais do que somente um ato de amor, como também seria um ato de despedida. Nós pressentimos que, assim que abríssemos os olhos, Connie estaria à minha espera e meu verão chegaria ao final. Todavia, no fundo de nossos corações, já estávamos prontos para o que viria a seguir.

Um novo capítulo, uma nova história.

Esse último beijo chegou como uma promessa de que o futuro e o Além poderiam ser lugares para Colin Hargrove e Miles Sutherland, quando, ainda de mãos dadas, separamos os nossos lábios. Ele segurou as minhas mãos carinhosamente e deu um beijo carinhoso em minha bochecha. Era inevitável pensar em como poderíamos ter tido tudo... e agora, depois de tanto tempo, chego à conclusão de que nós *tivemos* tudo.

— Eu nunca vou me esquecer de você — Miles sussurrou em meu ouvido, novamente choroso. — É uma promessa.

Estremecemos durante o último abraço, envolvendo um ao outro como se isso fosse o bastante para que o momento durasse pela eternidade. Mas todo verão deve encontrar um fim, certo? Por isso, ele segurou a minha mão enquanto para o lado de fora da Fortaleza Hargrove. Apenas não esperávamos que quando saltássemos em direção ao jardim, estaríamos de volta nas areias da praia de Lovers Bay, agora tomada pela mesma tempestade de Saint Valley. Pode parecer maluco, mas eu juro que foi assim que aconteceu.

Observamos juntos o horizonte azul, enquanto Connie se aproximava de nós e estendia a mão para que eu a acompanhasse para um lugar onde não havia mais tempestades. Aquele sim seria o lugar perfeito para encerrar a minha história.

Colin Hargrove estava morto. Eu estava morto.

Pela primeira vez, senti conforto em estar morto.

O mesmo conforto que sentia quando Miles soltou a minha mão para que eu fosse até a Ceifeira. Aquele momento era ensolarado, por mais que nossas almas estivessem em contato com a chuva fraca que caía dos céus noturnos. Connie apertou a minha mão, pronta para me acompanhar até o destino final.

Essas foram as últimas palavras as quais escutei:

— Adeus, Colin.

Essas foram as últimas palavras ditas por mim:

— Adeus, Miles.

Então, em prantos, ele me observou seguir em direção ao oceano azul. Permaneceu ali por um tempo, antes de seguir na direção oposta, retornando para o interior aquecido da casa da árvore e retornar para casa. O nosso último adeus. Pela eternidade, eu pensaria muito nesse último adeus. Ele me traria lágrimas, risadas e conforto. E melhor, seria a fonte para que eu encontrasse forças para seguir em frente.

Em meu último verão, eu aprendi que nada é eterno.

Para aquele que foi embora, você nunca será esquecido.

É uma promessa.

FIM.

Epílogo.

Um encerramento por Miles Sutherland.

Querido Colin Hargrove,

Completamos quase quatro anos desde o nosso último adeus, e sendo sincero com você, muitas coisas mudaram desde a noite da tempestade. Por onde eu poderia começar? Não faço a mínima ideia. Por isso, irei soltar alguns acontecimentos de forma aleatória e desejar boa sorte para que você monte esse quebra-cabeça, meu otário favorito. Estou brincando, vou explicar certinho.

Os dias restantes daquele verão foram marcados pela dor e pela saudade, afinal, eu precisei lutar contra a angústia de perder o garoto que eu amo. Minha avó e Grace ficaram ao meu lado durante boa parte desse processo, sendo as âncoras necessárias para que eu não me isolasse totalmente do mundo. Pensar em você era um gatilho para que eu pensasse em meus pais, então comecei a acreditar que perderia facilmente todas as pessoas que eu amava. Contudo, Grace foi o meu ombro amigo, e assim como você fazia, me forçava a criar planos para o futuro. Juntos, no ano seguinte, decidimos que ingressaríamos em uma mesma universidade. Sonhar com o futuro parecia me afastar do luto.

Após o segundo aniversário de sua morte, alcoolizado e consumido pela culpa, Evan Churchill caminhou até a delegacia de polícia e confessou ser o responsável por seu atropelamento. Grace ficou arrasada quando descobriu, foi necessário tempo para que eu a convencesse de que não era a culpada pela ação de seu ex-namorado, e que Evan deveria ser o único a receber essa culpa. Nunca acreditei que ele havia te assassinado por conta de sua intromissão no relacionamento com a Buckley, mas tenho a minha teoria de que aquele nosso beijo em meio a todos foi o suficiente para que o crente acreditasse que estávamos testando a sua fé. Entretanto, Evan nunca confessou formalmente a motivação pelo ocorrido.

Os seus pais choraram muito quando receberam a notícia de que o seu assassino havia sido localizado e preso, finalmente se sentiam aliviados por terem uma resposta. Todavia, por maior que seja a ironia, a justiça é injusta. Devido a um acordo judicial e a influência de Pastor Churchill, Evan conseguiu uma pena reduzida, mesmo com indícios de que o próprio pai havia acobertado os atos do filho naquela noite. Dói pensar que, dentro de alguns anos, o seu assassino poderá andar novamente pelas ruas, vivendo a vida que você deveria ter tido a oportunidade

de viver. Se existe um fio de esperança em meio a tudo isso, posso dizer que foi o fechamento da igreja do Pastor, que não conseguiu doações o suficiente para se manter com as portas abertas. As pessoas nunca esqueceram de você, Colin, e elas buscavam uma maneira de honrar a sua memória. Por mais que pareça difícil de acreditar, você mudou Saint Valley para melhor.

Apesar de tudo, os Hargrove não permaneceram na cidade após o fim do julgamento, decidiram se mudar para uma casinha na praia em Lovers Bay. Eles procuraram uma chance de recomeçar num lugar bonito, retornando para a cidade somente em seus aniversários de nascimento e morte, juntamente com a Casey. Eu sei que você ficaria feliz de saber que Dickson agora é um peixinho em tempo integral e como seus pais continuam sendo o meu grande exemplo de amor. Eles estão bem, meu amigo. Continuarei cuidando deles para sempre, pois, como você sabe, eles são parte da minha família.

Lembra de quando eu comentei no começo da carta sobre os meus planos com Grace para a universidade?

Eles se concretizaram como realidade. Quase esqueci de comentar que também deixamos a cidade, com permissão da minha avó, para uma universidade na Califórnia. A vida agora é bem diferente da rotina em nossa cidade natal. Por mais que a faculdade de enfermagem leve Grace ao limite, ainda assim ela continua com aquele sorrisinho no rosto e a vontade de ajudar as pessoas. Você estaria

orgulhoso de mim se eu dissesse que estou estudando fotografia? Eu imagino que sim.

O mundo está mudando para pessoas como nós, Colin, e eu sinto que os dias ensolarados estão cada vez mais próximos. Na universidade, consigo me sentir seguro para amar de forma livre, mesmo que muito ainda precise mudar. Estou disposto a lutar por essa minha visão de mundo, meu amigo. Através da minha arte, talvez um dia eu encontre uma forma de abrir os olhos do mundo e ensine que não existe maneira errada de amar. Pensar em você me motiva a seguir em frente com esse pensamento, então, em teoria, você vai mudar o futuro comigo.

Na data de quinze de agosto, em todos os anos daqui para frente, irei viajar para Lovers Bay e manter uma tradição com a sua mãe. Nós escreveremos cartas sobre as coisas que gostaríamos de contar para você e soltaremos em uma garrafa no oceano. Temos certeza que você encontrará uma forma de as ler. Por isso, estou escrevendo essa carta para você.

Daqui algumas horas, estarei com os pés molhados e um dos braços em volta de sua mão. Diremos ao infinito o quanto nós amaremos você para todo o sempre, antes de permitir que as ondas levem as nossas cartas para o Além. Sentaremos na areia, lado a lado, e provavelmente chorarei no ombro da Sra. Hargrove, enquanto ela segura a minha mão. Saiba que nós dois sentimos a sua falta, e por mais que sigamos em frente, esse sentimento nunca irá embora.

Nunca se esqueça do quanto eu amo você, ok?

Se aquele verão me ensinou algo, seria como o luto é um processo doloroso que parece durar para sempre. Por mais difícil que seja, agora eu entendo que sentir tão intensamente a sua falta é minha forma de me lembrar do quanto nosso amor era puro. Podemos considerar como uma maneira de amar? Talvez. Como em nossa promessa, você e esse sentimento estarão vivos em mim em cada verão da minha vida.

Por sua causa, todos os verões agora são eternos.

E para todo sempre, você será eterno, Colin Hargrove.

Com amor,
Miles Sutherland.

Para saber mais sobre os títulos e autores da
SKULL EDITORA, visite nosso site
e curta as nossas redes sociais.

WWW. SKULLEDITORA.COM.BR

FB.COM/EDITORASKUL

@SKULLEDITORA

SKULLEDITORA@GMAIL.COM

QUER PUBLICAR E NÃO SABE COMO,
ENVIE SEU ORIGINAL PARA:
ORIGINAIS.EDITORASKULL@GMAIL.COM